未来のカタチ

新しい日本と日本人の選択

楡 周平
Nire Shuhei

小学館新書

はじめに

大都市に住んでいると、常に大勢の人と接していますから、あまり実感は湧かないかもしれませんが、人口の減少は本当に深刻、かつ恐ろしいものです。そして、末肢から壊死していくがごとく、地方からどんどん人が消え失せているのが今の日本なのです。

日本は内需依存の国と言われますが、GDP（国民総生産）における輸出依存度は、わずか14・8％に過ぎません（UNCTAD〈国連貿易開発会議〉2018年）。人口の減少は、市場の縮小を意味しますから、少子化に歯止めをかけることができなければ、間違いなく日本の経済規模は今後縮小し続けていくことになります。

事実、「日本の将来推計人口」（国立社会保障・人口問題研究所　平成29年推計）には、日本の生産年齢人口は1995（平成7）年に8726万人のピークを迎え、以降減少を続け、

2015（平成27）年には7728万人、2029年に7000万人、2040年に6000万人、2056年には5000万人を下回り、2065年には4529万人になるとあります。

生産年齢人口は、日本国内で労働に従事できる15歳から65歳未満の年齢の人口ですが、わずか九年後には2020（令和2）年に比べて455万人、二十年後には、さらに1000万人、都合1455万人も激減してしまうのです。

人口動態に関する推計は、極めて精度が高いとされていますし、生産年齢人口は労働人口ですから、消費が活発な年齢層です。消費のコアとなる人口が、わずか二十年後に1455万人も減じてしまっていたらどうなるでしょうか。

市場が縮小すれば、企業の業績も当然落ちるし、税収だって落ちるに決まっています。社会保障も、現在の制度を維持することは不可能です。

それ以上に恐ろしいのは……。いや、これは本編をお読みいただくとして、少子化は国民の生活どころか、国家の存亡に関わる大問題なのです。

もちろん、国や行政も少子化は深刻な問題と認識していることは事実ですし、実際、様々な策を講じてもきました。しかし、政治は結果です。悪化する一方の合計特殊出生率を見れば、これまで打ち出した策が的外れであったと言わざるを得ません。

それに、深刻な問題と認識してはいるものの、政治家も官僚も、どこか他人事。自分が生きている間は、今日の暮らしは明日も続くと暢気に構えているような気がしてなりません。そうでなければ、国会があんな稚拙な論争で終始するわけがありませんからね。

おそらく、それは中高年、あるいは大変な時代に生きなければならない若年層も同じで、少子化がいかに恐ろしいものであるか、いずれ必ずや我が身、我が子に降りかかってくる深刻な問題なのだという認識が、いまひとつ欠けているように思えてならないのです。

少子化の果ての日本の姿とは？　子供を安心して産み育てられる社会にするために、どんな策を講じるべきなのか。一作家の、夢物語と感じるかもしれませんが、まずはご一読いただきたく思います。

未来のカタチ　新しい日本と日本人の選択

目次

第五章 地方の過疎高齢化はビジネスチャンス

第一章

外国人移民は人口減少対策にはならない

日本は魅力的な国なのか

人口維持に必要な子供の数、いわゆる合計特殊出生率の人口置換水準は２・１とされています。つまり、１人の女性が生涯に２・１人の子供を産んで、初めて人口維持が可能となるわけです。

日本の合計特殊出生率がこの数値を割り込むのが常態化したのは１９７４（昭和49）年からのことで、以降、徐々に減少を続け、２０１９（令和元）年では１・３６、出生数に至っては１８９９（明治32）年の調査開始以来、最低の86万５２３４人となりました。

人口減少は深刻な問題です。

人口の減少は市場の縮小を意味しますから、内需に依存する日本経済にとってはなおさらのことです。

近年、人口減少の打開策として、移民によって人口を維持すればいいという声を頻繁に耳にしますが、果たしてそれで問題は解決できるのでしょうか。

慢性的な労働力不足が続く中、コンビニの店員や宅配便の配送員等、外国人労働者の姿が見えるのは日常の光景です。特にコンビニで働く外国人は、母国語に加えて日常会話程度なら日本語もこなすバイリンガル、さらに英語もできるトリリンガルも少なくありません。業務も的確にこなすし、日本人のバイトと同レベル、むしろそれより優秀な人間も少なくないように感じます。

確かに人口減を移民で補うのは即効性のある対策には違いありません。しかし、日本への移民の門戸が広く開放されたとしても、果たしてどれほどの外国人がやって来るのでしょう。労働、生活の場として、日本は魅力的な国な

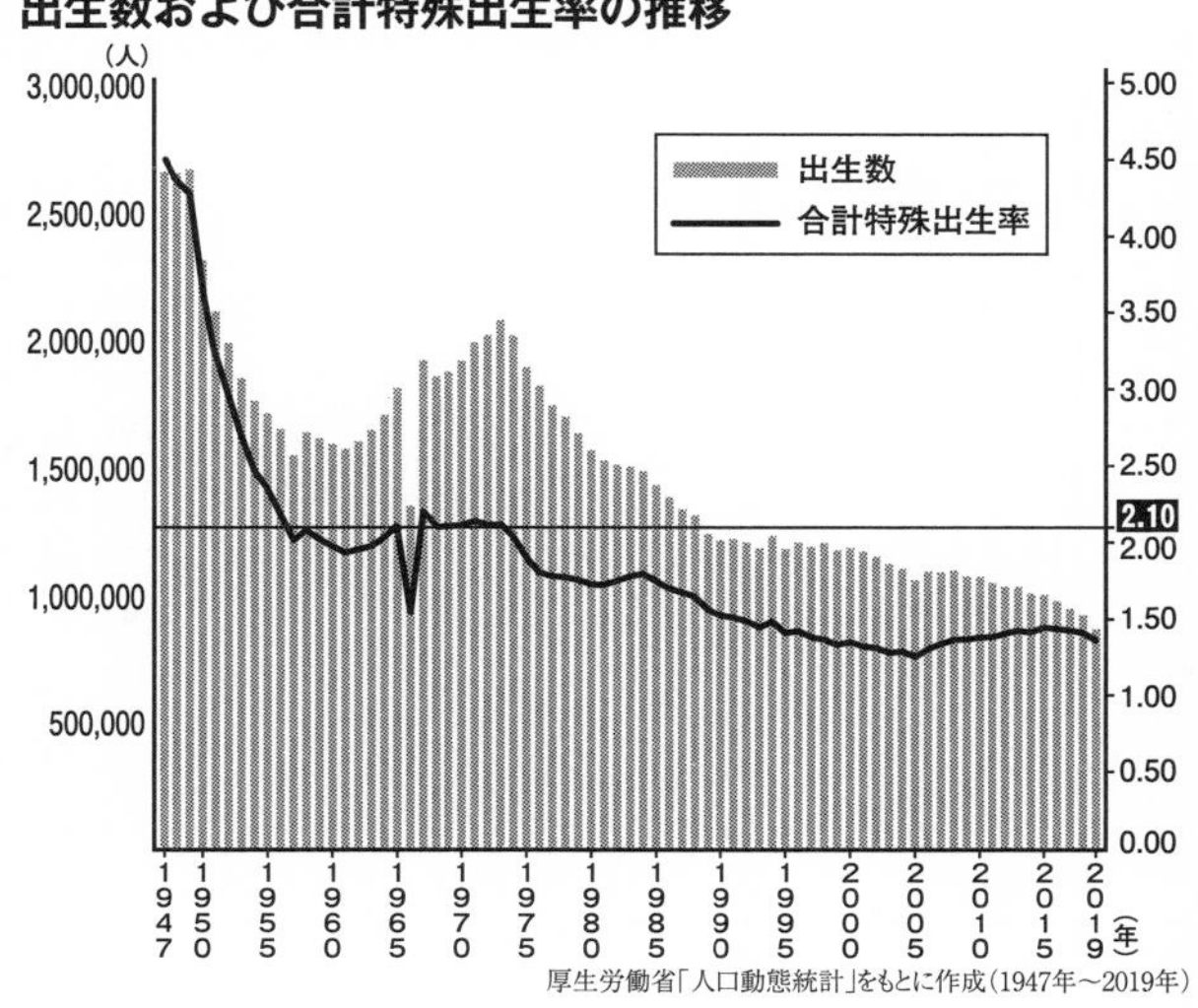

厚生労働省「人口動態統計」をもとに作成(1947年〜2019年)

のでしょうか。

海外のウェブサイトやＳＮＳを見ていると、社会の安全性、清潔さ、規律、秩序、サービス、食文化と、日本を絶賛するコメントが圧倒的に多いのですが、それらの大半は旅行者のものです。

大抵の場合、旅行の費用は全額個人負担です。個人差はあれど、ある程度のおカネを持って来日し、宿泊施設に滞在しながら各地を回り、名所旧跡を訪ね、食を味わい、あるいは酒を呑み、旅を楽しむ。日本の食はバラエティに富み、美味しさの点でも世界トップクラスですし、日本人のホスピタリティの高さもまた同じ。街は清潔、安全だし、交通機関も世界に類を見ないほど正確で、快適な移動が保証されています。一度来日すれば、日本に恋してしまう外国人が続出するのも理解できます。

しかし、労働の場として考えた場合、日本は極めて魅力に乏しい国だと言わざるを得ないでしょう。

終身雇用制度こそ過去のものとなりつつあるとはいえ、日本企業には年功序列の概念が今に至ってもなお不文律として根強く残っています。特に大企業では、一定の年齢に達するまで、多くは20代のうちに昇進に差がつくことはまずありません。賃金、昇格に差がつき始めるのは管理職になってから。高い能力があろうと、優れた実績を挙げようとも、若くして高給を食み、高いポジションに就くことは期待できないと言っても過言ではありません。

しかも、楽天のような例外はあるとはいえ、職場での標準言語は、ほとんどが日本語ですから、外国人が日本企業に職を求める場合、少なくとも自国語と日本語のバイリンガルであることが好ましいとされるでしょう。

仮にバイリンガル、かつ優れた能力や実績を持ち、日本での生活を望む外国人がいたとしたら、特に欧米人の場合なら、まず間違いなく本国の企業に就職し、駐在員として日本にやって来る機会を狙うでしょう。

というのも、欧米企業の駐在員の待遇は、実に手厚いからです。

遥か昔の話になりますが、ベトナム戦争まっ盛りの頃、アメリカ国内で流された兵士募集のテレビコマーシャルでは、最前線でも温かい食事が供給されるというのが誘い文句の一つでした。

世界のどこへ行こうと本国と同じレベルの生活が保証されるのは、現在に至っても変わりはありません。

外資系企業の駐在員が多く住む地域は、東京都心部の高級住宅地に集中していますが、米国と同様の広さの住居となると、ワンルームでも月額30万円を下回ることはまずありません。上位職責者、家族連れともなると、100万円台はざら。もちろんその賃料は全額会社が負担します。さらにメイド、自家用車、子弟の教育、医療、年に何度かの帰国（ビジネスクラス以上）、プール・ボウリング場・レストラン・図書館完備の会員制社交クラブのメンバーシップ等々、様々な費用が会社負担となるのです。

加えて有能と見なされれば、最初から高給をもって迎え入れられますし、実績を挙げれば入社年数に関係なくしかるべき地位が与えられ、それに応じて報酬も上がります。

片や日本企業はどうでしょう。

2019年あたりから、優れたスキルを持つ新卒者を、初任給1000万円以上の高待遇で採用する方針を打ち出した企業が何社かあって、ちょっとした話題になりました。転職者ともなると、30代にして年額2000万円、中には3000万円の報酬を貰う人もいるそうですが、日本企業がそれだけの報酬をもって迎える人材なら、言語の壁さえクリアできれば、外国企業はもっと高額な報酬を提示するでしょう。

少なくとも報酬、待遇の二つの点だけを取っても、〝優秀〟な外国人が、単に日本が好きだから、住みたいから、という理由で移住を望むとは思えません。

日本への移住を望む外国人の動機とは？

では、もし日本政府が移民をもって人口減を補おうとした場合、どんな人たちがやって来るのか。

アメリカや欧州の例からも、他国への移住を望む最大の動機は、母国にいるよりも暮らしが劇的に改善される、豊かな生活が送れる点にあるのは明白です。

つまり、日本よりも国力、経済力、政情、治安等の面が劣る国の人たちがメインなら、日本語を読み書きどころか、話すこともままならない人たちが大半になるでしょう。しかし、日本で生活するからには、まず収入を確保しなければなりません。となると、彼らが従事できる職種は極めて限られます。

日本語を解する必要がない職種、職場です。

事実、ネット通販の物量増大によって、労働力不足に悩む宅配業界では、言語をほとんど必要としない仕分け作業に従事している外国人労働者はたくさんいますし、それ以外にも、ビルや道路の工事現場等、肉体的にきつい仕事を日本人が嫌うがために、慢性的な人手不足に悩んでいる業種は多々ありますから、働き口はいくらでも見つかるでしょう。

しかし、日本語をあまり必要としない労働に大量の移民が従事するようになり、定住人口となって増加していけば、後に日本社会は極めて深刻な問題に直面する可能性があります。

それは、日本人が現在に至るまで営々と積み重ねてきた、知の所産にアクセスできなくなるということ。日本語という言語の死滅です。

日本語を必要としない移民たちのコミュニティ

慢性的な労働力不足に直面している職種に共通するのは、いわゆる3K（きつい・きたない・危険）であることです。中には一定水準の技術が必要とされる職種もあるにせよ、日本語をそれほど必要としない仕事となると、給与水準は低くなるのが常です。昨今の日本企業の経営者は、人件費をいかにして低く抑えるかにとても熱心ですから、正社員は最低限に抑え、雇用の調整弁として使える非正規従業員で労働力を賄おうとする傾向が見られます。

非正規従業員は大抵が時給制で、決して高額とは言えないものが大半です。母国の貨幣価値に比較すれば高額ではあるにせよ、日本、特に大都市圏での生活コストは母国の比ではありませんから、集団生活で部屋代や食費を節約しにかかることになるでしょう。

労働の現場では日本語をさほど必要としない。家に帰れば、母国語オンリー。需要のあるところに商売が発生するのは世の常です。国を同じくする人間が営む商店ができ、そこでも母国語が通じるとなれば、日本語を身につける必要性をあまり感じなくなるでしょう。そして、母国語で不自由なく生活できる環境が整うにつれ、さらに同国人が集まるようになり、やがて一大コミュニティが形成される。

埼玉県の西川口は、その典型的な例です。

かつて東京近郊の風俗街として名を馳せたこの地域も、行政が浄化政策を行った結果、様相は一変。今や中国人が経営する飲食店が軒を連ね、看板どころか自販機や電柱に貼られた怪しげな広告も全て中国語です。商店もまた、本国から直輸入した食品や酒、飲料が棚を埋め尽くし、海産物は日本の鮮魚店ではあまり見かけないものばかり。精肉店も、肉塊を中華包丁でぶった切る中国流です。近くには中国人居住者が圧倒的多数を占める団地がありますから、もちろん客のメインは中国人です。

夕食時に飲食店に入れば、週末こそ日本人の姿も目にしますが、平日は客の大半が中国人。料理の味は悪くないし、メニューも豊富で、何よりも料理の値段が日本人の感覚からすると極めて安く、まるで中国にいるような錯覚に陥ります。

そして印象的なのが、彼らの食事のスタイルです。

アルコールを口にする中国人はほとんどいません。メニューを見ると、1000円に達する料理は皆無。その中の一品を、卓を囲む数人で白飯片手にジカ箸で突きながら平らげる、こちらもまた中国にいるような光景が見られます。

なるほど、これなら低収入でもやっていけるかも、と納得した次第ですが、移民が増えるにつれ、こうしたコミュニティがあちらこちらにできていけば、次に何が起こるかは明白です。

日本人の感覚からすれば、決して豊かとはいえなくとも、母国に比べれば遥かにマシ。やがて生活基盤が安定すれば、家族を呼び寄せ子供を産む。養う人間が増えれば、それまで以上に収入が必要になりますから、母親も働きに出る。そして子供の面倒を見るために、祖父母がやって来る。

限界集落が問題視されて久しいのですが、地方には過疎化が急激に進む市町村がたくさんあります。激増する空き家や耕作放棄地を安く貸す、あるいは低価格で所有できるとなれば、定住して農業を始める人たちも出てくるかもしれません。そうした地域に外国人が集団で住むようになれば、日本人はマイノリティ、外国人がマジョリティという町が日本全国に出来上がってしまっても不思議ではないのです。

さて、問題はそこからです。

同国人のコミュニティが肥大化するに従って、母国語で暮らせる環境は充実していく。移民二世は日本の義務教育を受けることになりますから、日本語はある程度身につくでしょう。しかし日本人の子供が減少する一方ならば、外国人のコミュニティ人口が増加するにつれ、学区内の移民児童の比率は高まるばかり。さらにコミュニティの中での生活も母国語で十分事足りるとなれば、日本人と同等の日本語能力を身につける必要はありません。

もちろん、定住したからには日本社会の中で成功を目指す子弟もいるでしょうが、前述したように、移民は生活の質の向上を求めてやって来るのです。もっといい暮らしが送れる国があると分かれば、簡単に日本を出て行くこともあり得る話なのです。

事実、華僑がそうですからね。

以前、中国系アメリカ人の友人の家族パーティに招待された時のことです。食事中に、彼の兄弟が、それぞれドイツ、オーストラリアに住んでいると聞かされ、海外に分散して住んでいる理由を訊ねたところ、「国の情勢は刻々と変化する。より住みよい国で暮らすために、常に情報交換を怠らない」、「僕らは、国家を信じていないから」と言われて驚いたことがあります。

全ての移民がそうした考えを持つわけではないでしょうが、日本に移住したことによって、暮らしが改善されたとしても、さらによい暮らしを欲するのが人間です。

移民一世の親は日本語の壁に阻まれ、収入はなかなか増えない。貧困からの脱出は、高度な教育を受けるか、あるいは能力を身につけるのが早道です。子供たちには、高度な教育を授けようと親は考えるでしょうが、こと日本においては「言うは易く行なうは難し」というものです。

親の日本語能力が十分でなければ、日常生活の中で子供とコミュニケーションを持つに当たって用いられる言語は母国語になるはずです。しかも、同国人のコミュニティの中で暮らしていれば、子供が本格的に日本語に接するのは幼稚園か保育園に通い始めた時になるでしょう。小学校に入学するまでの間に、ネイティブレベルの日本語能力が身についたとしても、今度は塾通いで受験に備える〝日本人〟との戦いになるのですから、ただでさえ所得が少ない中であれば難関校に合格するのは容易なことではありません。

結果的に、ある程度のおカネを稼いだところで母国に帰るか、あるいはもっといい暮らしが送れる国に移り住む人も少なからず出てくるのではないかと思うのです。

移民で人口を維持しようと思っても、結果的に長期滞在者が増えるだけで終わってしまうか、最悪の場合、日本に定住するのは、低賃金労働従事者が大半となって、新たな格差、貧困問題を生むように思えるのです。

そして、もっといい暮らしを送れる国への移住を考えている人たちが、まず身につけなければならないと考える言語とは何なのか。

少なくとも、日本語でないことは明らかです。

いずれ確実に消滅するメディア産業

人口減少の恐怖を語る方の多くは内需の縮小、つまり日本経済の衰退を挙げます。確かに、その通りには違いないのですが、縮小していく市場を、指をくわえて眺めている企業はありません。内需が縮小していけば、海外に活路を求めるに決まっています。

しかしながら、それがまず不可能な産業がある。その最たるものが言葉の産業、「日本語を使う産業」です。

放送、新聞、出版、いわゆるメディアがそれです。

人口減少は特に地方で急速に進んでいますが、民放のテレビ、ラジオの最大の収益源は番組スポンサー料とCMです。放送エリアの人口減は、消費力の縮小を意味します。高額な費用を投じて番組のスポンサーになるのも、広告を打つのも、費用対効果があればこそ。

投じた金額を補って余りある収益が得られなければ意味がありません。

例えばテレビの場合の指標は視聴率ですが、近年ではスポンサーが重視するのは、単なる視聴率の高低ではなく、視聴者の中の年齢構成、つまりコマーシャルを打つ商品がターゲットとする年齢層の視聴率なのです。

いくら視聴率が高くとも、視聴者の大半が高齢者であれば、化粧品や高級車、教育やゲームのような若い世代から中年層までを主たる購買層とする商品なら、広告を打ってもさほどの効果は見込めません。

つまり、かつて面で行なってきた広告のあり方も、点へと変化してきているのです。

事実、電通が公表した「2019年　日本の広告費」によると、インターネット広告費は、前年比119・7％の2兆1048億円と五年以上連続で伸びており、テレビメディア広告費の1兆8612億円を上回りました。

ポイントと引き換えに、使用者の氏名、年齢はもちろん、購買動向や属性を収集して、ビッグデータとして活用している時代です。高額な料金を払い、マスメディアを通じてコマーシャルを打つよりも、ネットを通じてターゲットとする購買層をピンポイントで狙う方向へと軸足は移ってきているのです。

ましてや、人口減は購買力の低下に直結するのですから、このまま地方の人口減に歯止めがかからなければ、放送産業はそう遠くない将来、地方局から事業を縮小せざるを得なくなり、やがて消滅していく局が続出することになるでしょう。

新聞も同じです。

日本には全国紙が5紙、地方紙ともなると数知れず。多くの新聞社が存在しています。しかも、地方ではローカルニュースを詳細に報じる地元紙の購読数が全国紙を上回る地域が少なくありません。新聞だってビジネスです。経営が成り立つのも購読者がいればこそ。販売地域の人口が減少すれば、どこかの時点で損益分岐点を割り込み、経営続行が不可能になります。

出版産業も例外ではありません。いくら本や雑誌を出したところで、日本語で生活する人間が減少すれば、いずれ業として成り立たなくなる時を迎えるでしょう。

私が作家としてデビューしたのは1996（平成8）年のことですが、当時の出版産業の市場規模は2兆6000億円。この年をピークに、以降、年を経るごとに市場は縮小し続け、二十三年経った2019年の総売上高は1兆3000億円と半減しています。

出版産業の衰退の原因は若者の活字離れにあると言われますが、たぶんそれは本当のことです。若い世代は長い文章を読みませんし、情報はネットから得るものという考えが定着しています。SNSが浸透してからは、スマホは片時も離しませんから、本を読む時間などあるはずがありません。

紙媒体の読者層が高齢化しているのは間違いないことで、それは主要週刊誌に掲載される記事を見れば明らかです。

かつて、どの週刊誌も取材報道をメインとしていたものが、今や毎週欠かさず掲載されるのは、「終活」「病気」「薬」、果ては「老人の性生活」と、高齢者を対象にした記事です。

もちろん、日本語の市場が縮小し続けても、生き残る出版物は存在します。日本が誇るコミックは、既に世界中で愛読されていますから、これから先も決して滅びることありません。むしろ、ネット配信事業を強化するにつれ、市場はさらに拡大し続けていくことになるでしょうが、それ以外の出版物となると、そうはいきません。

ネット配信という手段があるにせよ、そこには言語という高い壁が存在します。文芸や教養書等を翻訳すれば、多額の費用が発生しますし、語学能力に長けた編集者、校閲者も必要になります。しかも、翻訳する言語、日本語双方にネイティブ並みどころか、優れた語学センスと高い教養を持ち合わせていなければならないのですから、そんな人材を確保するのは、不可能と言ってもいいでしょう。

そして何よりも恐ろしいのは、このまま少子化が進めば、教科書を編纂（へんさん）する出版社の経営が立ちゆかなくなるということです。

言うまでもなく、少子化は学齢期を迎える子供の数が減少することを意味します。教科書の出版社だって立派なビジネスですから、市場規模が小さくなれば、どこかの時点で業として成り立たなくなる時が必ずやって来ます。

まして、教科書は文部科学省の検定に合格しても、どれほどの学校が採用してくれるか分かりません。コストの軽減を図ろうにも著者、編集者と刊行に携わる人員は一定数が必要ですから限度があります。もちろん、教科書がなくなることはないにせよ、出版点数は格段に減少し、選択肢は極めて限られたものになってしまいかねないのです。

日本のメディアの海外支局が存続の危機

では、従来のマスメディアが業として成り立たなくなった時、どこに情報源を求めたらいいのでしょうか。

すぐに「ネットがあるじゃん」という声が聞こえてきそうですね。

既に情報源はネットで十分、分からないことがあれば「ググればいい」と、当然のように語る若者が増えているのは事実です。マスコミを「マスゴミ」と称するなど、信頼できないと断じる風潮が蔓延(まんえん)しているのは日本に限ったことではありません。

確かに、大手メディアの中には偏向報道がやたら目につく媒体もありますし、テレビの情報番組に出てくるコメンテーターにしても、知識や見識どころか、短慮、あるいは反射神経でコメントしているとしか思えない方が実に多い。メディアなんかいらない、ネットで十分だという声が上がるのも理解できなくはないし、高齢者ですら新聞購読を止めてしまう人が増えているのも、おカネを節約するためだけではないでしょう。

それでも一次情報源としてのメディアの役割は極めて重要です。

今、世の中で何が起きているのか。世の中が、どう動こうとしているのか。世界中から刻々と入ってくる情報を整理し、いち早く世に知らしめる機能を持つのは、やはりマスメディアです。それもこれも世界中に張り巡らした情報収集網を持つからこそ初めて可能になるわけで、事実、ネット上に流れるニュースにしても、ソースは大半がマスメディアのものです。

そしてメディアもまた立派なビジネス。収益が悪化するに従って支局を畳み、人員を整理し、合併しと、生き残りを図るにしても、衰退する産業に人は集まりません。それ以前に情報収集能力が低下し、メディア離れに拍車がかかるのは目に見えています。

誰もがスマホを常時携帯している時代です。事件、事故の現場を目撃した人間が、動画と共に発信すれば、と言うかもしれませんが、ネット上にフェイクニュースが溢(あふ)れかえる時代に、情報の信憑性(しんぴょうせい)を誰が保証するのか。メディアがなければ、何が真実で、何がガセなのか、判断がつかなくなってしまうでしょう。

それ以上に厄介なのは、海外の情報をどうやって入手するのかということです。

日本の大手メディアは、自社で海外支局を持ち、駐在員、特派員を置き、取材活動を行なっています。同時に海外メディアと提携し、ニュースの配信を受けていますが、そこで用いられる言語は様々です。

各メディアは、それを日本語に翻訳した上で報じているわけですが、メディアの力が弱まった時、誰が海外の情報を翻訳し、世に知らしめる役割を担うことになるのでしょう。

もちろん、テレビ受像機に限らず、チューナー付きのパソコン、スマホを所持していれば、受信料を徴収するＮＨＫが潰れることはありません。国内外の支局も維持できますし、海外の通信社やメディアからの情報を適時日本語で伝えもするでしょう。ですが、報道の一切合切が事実上の国営放送局であるＮＨＫに握られてしまうのは大問題です。

ならば、個人が海外メディアの媒体にアクセスするしかないのですが、ネイティブ向けに書かれた、あるいは語られた外国語を解する能力を持った日本人が果たしてどれほどいるか。

２０１９年11月、２０２０（令和２）年度からの大学入試への民間の英語検定の導入が中止になった際、「新制度に備えて準備してきたのに」とか、「無駄な時間を費やした」というような受験生や識者と称される方々のコメントを耳にしましたが、これは実におかしな話です。英語を学習するのは、英語という言語を習得するのが目的であって、受験のためだろうが民間の試験のためだろうが、英語を学んだことに変わりはないはずです。こんなコメントが何の違和感も抱かれることなく、大手を振ってまかり通るのは、英語が大学受験の必須科目としてしか認識されていないから。つまり受験に合格するのが目的であって、言語としての英語を身につけるために学んでいるのではない、と認めているようなものです。

それでも、情報収集はネットで十分。マスメディアなんかいらない、と言えるのでしょうか。日本語で書かれた情報が入手困難になった時、本当に困らないのでしょうか。

このまま少子化が進めば、間違いなく、そんな日がやってくるのです。そのことを真剣に考えてみるべきだと、私は思うのですが……。

国語よりも優先される英語教育

かつてに比べれば、日本人の英語能力も格段に上がったとはいえ、アジアの近隣諸国と比べても、低いレベルにあるのは事実というものでしょう。

「日本人は、中学から高校までと六年間も英語を学び続けているのに、なぜ不得手なのか」と、国の内外から言われ続けてきました。

そこで文部科学省は、小学校5、6年生が行なっていた外国語活動を、2020（令和2）年度から3、4年生が行なうことにし、5、6年生は英語を正式科目として学ぶことを決定しました。つまり、英語を学ぶのは早いに越したことはない。二年前倒しで始めようというわけです。

確かに外国語を学ぶのは早いに越したことはありません。しかし、授業を行なうのが日本人なら、まず効果は見込めないと断言しましょう。

既に、日本の公立小中高にはALT（アシスタント・ランゲージ・ティーチャー）制度の下、英語圏のネイティブ・スピーカーが派遣されておりますが、彼らの報酬は各自治体が負担することになっていることもあって、複数校を掛け持ちするために、授業頻度は多くありません。大半は日本人の英語教師が授業を行なっているわけで、授業の大半は日本語で教えられているはずです。英会話教室に大枚はたいて通い続ける日本人はたくさんいますが、ネイティブ・スピーカーに教わってもなかなか上達しないのに、1回数十分、週何度かネイティブではない日本人教師の授業を受けて、身につく英語とはいかなるものなのか。

　近年、都会ではインターナショナル・スクールへ子供を入学させたいと願う家庭が増えていると聞きますが、これは日本の英語教育に対する親の不信感、絶望感の表われであると同時に、子供がこれからの社会を生き抜いていくためには、少なくとも英語を自在に操る能力は必須であると考えているからです。

　インターナショナル・スクールは文科省の管轄外、しかももれなく私立ですから授業料は高額で保護者には相応の経済力が求められます。そして教師は英語を母国語とするか、日本人教師がいてもネイティブと遜色（そんしょく）ない英語力を持っています。授業は全て英語なら、教科書もまた英語。幼児向けのインターナショナル・スクールに通わせる教育熱心な親も少なくありませんから、早くは幼稚園から高校まで英語のシャワーを浴び続けることになるのです。

　かくして、高校卒業を待たずして、子供の英語能力はネイティブレベル。大学進学時には、日本はもちろん、英語圏の大学への進学も可能になれば、労働の場も世界へと広がるのですから、「子供をインターに」と願う親が増加傾向にあるのも分からないではありません。しかし、それも経済力の裏付けがあればこそとなると、親の所得の格差、居住地の環境によって、子供の将来が大きく変わることになってしまいます。

経済的な余裕はあっても、通学可能圏内にインターナショナル・スクールがない、あるいは経済的理由で子供をインターナショナル・スクールに入れられない保護者からは、不満の声が上がるかもしれませんが、そうなれば、学校経営者には絶好のビジネスチャンスの到来と映るかもしれません。

東京の合計特殊出生率は1・20（2018年）と全国で最も低いわけですから、学齢期を迎える子供の絶対数は減る一方となるはずです。教育機関といえども、私学は立派なビジネスですから、今後、生き残りをかけた生徒争奪戦は激化する一方となるでしょう。そしてキラーコンテンツなくして勝利はあり得ないのがビジネスです。国語以外の授業は中高一貫して英語で行なうことを売りにする学校が出てこないとも限りません。

日本の学校教育は文科省が定める学習指導要領に基づいて行なわれますが、授業をどんな言語で行なうかの縛りはありません。私立校の中には、教科書を全く使わず、担当教員が独自のテキストで、それもクラスによって内容が異なる授業を行なう学校も現に存在します。

授業の大半を英語で行なうことが評判となり、学生数の確保に繋がれば、それに続く学校が相次いでも不思議ではありません。

では、その時、教育の現場ではどんな教科書が用いられることになるのでしょう。

日本の教科書出版社の中で、英語以外の教科書を英語で作成できる出版社はまず皆無のはずです。となると、海外の教科書を使い、授業を行なうのも、教員資格を有する外国人ということになる。レポートも試験も全て英語。日本語を使うのは〝国語〟だけとなってしまうようなことになれば、日本人の日本語能力は確実に劣化します。それどころか、前述したように、日本語の教科書は限られたものとなり、日本語を学ぶ意味が教育の現場から失われていくことになるでしょう。

過去の知の蓄積にアクセスできなくなる

かくして、日本人もいよいよ世界を舞台に活躍する人材を輩出することになるとしても、さて、そこでどんなことが起きるのか。

英語を不自由なく読み、書き、話せる。英語圏の映画やドラマを字幕なしで楽しめ、新聞、雑誌、海外のサイトや様々な文献にも不自由なくアクセスできる。そのこと自体は、実に素晴らしい。いや、夢のような話です。

しかし、英語を用いる比重が高まるにつれ、日本語を学ぶ必要性が次第に薄れ、日本語を学ぶことが煩わしくなる。分からないことは「ググればいい」というのと同様、全て英語でいいじゃないかという風潮に繋がるとしたら――。

かつて、近世に日本にやって来た宣教師が「悪魔の言語」と称したように、日本語はとても複雑な言語です。ひらがな、カタカナはそれぞれ50しかありませんが、義務教育で習う常用漢字だけでも2136文字。しかも漢字の多くは、音訓二つの読み方がある。

少子化が改善されなければ、国内人口は減る一方。内需は細り、企業は生き残りをかけて海外に市場を求める。人口減少対策として移民を受け入れても、日本語が通じる外国人ばかりとは限らない。しかも、人口減を移民で補おうとすればするほど、日本語を十分に解さない外国人人口は増加していくとすれば、英語は〝日本人〟が身につけておかなければならない必須の言語となるでしょう。

そして、その〝日本人〟人口が減少していく一方となれば、その時、果たして日本語のような厄介な言語を学ぶ気になる人が、学ぶことに意義を見出す日本人がどれほどいるでしょうか。〝国語〟は学校の必修科目の一つ。それこそ今の英語と同じ扱いになってしまうかもしれません。

結果、営々と積み重ねてきた知の所産、日本語で書かれた過去の文献や資料に、当の日本人がアクセスできなくなってしまうことにもなりかねないのです。「何をバカなことを」と一笑に付す方も多々いるかもしれませんね。仮にそんな時代がやって来るとしても、まだまだ先の話。少なくとも、現在60代の私が生きているうちにそんな時代になることはあり得ないのは確かです。

しかし、国立社会保障・人口問題研究所が２０１７（平成29）年に公表した「日本の将来推計人口」では、２０１５（平成27）年に1億２７０９万人であった日本の総人口は、２０６５年に８８０８万人、百年後の２１１５年に約５０６０万人になるとされています。二百年後の２２１５年には、約１３８０万人になるとの予測もあります。

２０１７年５月の時点で、東京都の人口は約１３７２万人ですから、わずか二世紀の後、日本の総人口は東京都とほぼ同じ。一世紀の後ですら、日本の総人口は現在の4割に減じてしまうのです。そして推計は数あれど、極めて高い精度を持つのが人口動態統計。そりゃそうですよね。出生数は正確に把握できるわけだし、合計特殊出生率だって、そう大きく変わるわけがありません。つまり、このままだとわずか百年後には総人口は現在の6割減、二百年後には今の東京都とほぼ同じという時代が、極めて高い確率でやって来るのです。

これが世界の総人口に占める日本人人口となるのですから、日本という国が全ての点において現在の姿を維持できるわけがありません。

東京は子供を最も産みにくい環境

では、少子化が進む一方となっている原因は、どこにあるのでしょう。

非正規雇用者の増加に伴う賃金の低下、日本経済の低迷、先が見えない将来への不安、家庭観・人生観の変化等々、少子化が改善される兆しも見えない要因はたくさんあるのですが、これら全てが複雑に絡み合って、今日の状況に繋がっているのは言うまでもありません。

２０１９（令和元）年7月に総務省が公表した「平成31年住民基本台帳人口・世帯数、平成30年人口動態（都道府県別、日本人住民）」によれば、人口増減率の第1位は東京都のプラス０・５６で、以下、沖縄、神奈川、千葉、埼玉と続き、６位の愛知県のマイナス０・０６を境に、残る道府県は全てマイナスとなっています。

その最大の理由は賃金です。

２０１９年に厚生労働省が発表した「平成30年賃金構造基本統計調査」によれば、東京都の平均賃金は図抜けて高く、38万４００円、最下位である宮崎県の23万５１００円と比べて、実に１・６倍もの差があります。

その一方で、１人の女性が生涯に産む子供の数、合計特殊出生率は２０１８（平成30）年で１・２０と東京が全国最下位。しかも、東京の最下位は定位置で、長きにわたってこの状態が続いています。

ところが、平均賃金最下位の宮崎県は１・７２と全国３位。最も子供が多く生まれているのは、沖縄県で１・８９。ちなみに平均賃金では沖縄県は24万６８００円と、宮崎と大

都道府県別 人口増減率および合計特殊出生率と平均賃金(2018年)

合計特殊出生率	人口増減率(%)		平均賃金 (円)
1.27	△0.74	北海道	270,300
1.43	△1.28	青森	241,200
1.41	△1.17	岩手	247,100
1.30	△0.44	宮城	282,200
1.33	△1.48	秋田	240,100
1.48	△1.11	山形	244,000
1.53	△1.04	福島	268,400
1.44	△0.62	茨城	300,700
1.44	△0.59	栃木	295,900
1.47	△0.64	群馬	281,900
1.34	0.02	埼玉	303,700
1.34	0.03	千葉	304,200
1.20	0.56	東京	380,400
1.33	0.05	神奈川	339,100
1.41	△1.02	新潟	265,200
1.52	△0.74	富山	279,300
1.54	△0.53	石川	277,400
1.67	△0.71	福井	270,600
1.53	△0.81	山梨	281,100
1.57	△0.71	長野	275,200
1.52	△0.73	岐阜	291,700
1.50	△0.63	静岡	291,000
1.54	△0.06	愛知	322,400
1.54	△0.71	三重	302,300
1.55	△0.16	滋賀	295,400
1.29	△0.45	京都	299,600
1.35	△0.21	大阪	329,100
1.44	△0.43	兵庫	299,400
1.37	△0.71	奈良	301,000
1.48	△1.10	和歌山	275,600
1.61	△0.89	鳥取	252,800
1.74	△0.92	島根	248,700
1.53	△0.59	岡山	281,100
1.55	△0.48	広島	298,100
1.54	△1.01	山口	276,100
1.52	△0.97	徳島	267,000
1.61	△0.69	香川	281,500
1.55	△0.93	愛媛	256,200
1.48	△1.11	高知	258,500
1.49	△0.09	福岡	286,700
1.64	△0.62	佐賀	252,800
1.68	△1.02	長崎	252,000
1.69	△0.62	熊本	255,600
1.59	△0.85	大分	260,700
1.72	△0.81	宮崎	235,100
1.70	△0.84	鹿児島	252,100
1.89	0.18	沖縄	246,800
1.42	△0.35	全国	306,200

総務省「平成31年住民基本台帳人口・世帯数、平成30年人口動態(都道府県別、日本人住民)」および
厚生労働省「平成30年人口動態統計」「平成30年賃金構造基本統計調査」をもとに作成

きな違いはありません。

東京都の人口は二十三年連続で増加し続けていますが、これらの数値からも自然増ではなく、地方居住者が職を求めて流入し続ける一方で、最も子供を産みにくい環境にあることが分かります。

地方の人間が東京に出てきて、まず最初に必要になるのが住居です。住宅手当を支給する企業は少なくありませんが、東京の家賃は高額ですから、とても手当だけで賄いきれるものではありません。それに加えて、食費、光熱費は生活の基本のコスト。スマホは必須のアイテムですから、通信費だって馬鹿にならないでしょう。

東京での生活は高い固定費がかかる上に、賃金の上昇率も低迷する時代が長く続いていますから、生活はなかなか楽にはなりません。「一人口は食えぬが、二人口は食える」と言いますが、それにしたってある程度の収入は必要です。

東京23区居住者の平均初婚年齢が男性31歳、女性30歳と、かつてに比べれば高くなるのも当然なのですが、では、結婚しても子供を二人以上儲けない理由は、どこにあるのでしょう。

もちろん生活のコストからすれば、経済的な理由から二人目は無理、というのは察しがつくのですが、問題はその「経済的な理由」の中身です。

「子供は一人」にさせるお受験の実態

東京の平均賃金が図抜けて高いといっても、それはあくまでも平均値での話です。東京には高額所得者もたくさん住んでいますから、千万単位はざらといっても大袈裟ではないでしょうし、億単位の年収を得ている人も少なくないはずです。

ところが、そんな高額所得者にして、子供は一人という家庭が多いのです。

その理由は子供の教育に費やす費用と期間です。

かつて東京のお受験事情を取材したことがあるのですが、東京の富裕層の教育熱は非常に高く、子供が生まれたその時から、いやそれ以前から準備を始める親も珍しくありません。

小学校入試では、ペーパーテストを課す学校もありますが、大半は〝行動観察〟といって、受験児童を10人程度のグループで試験会場に入れ、課題を与えて子供がどんな行動をするかを〝観察〟する。あるいは課題に取り組んでいる間に、子供がどういった受け答えをするか。与えた指示をどうこなすか。グループの他の子供たちとの協調性や、マナー、リーダーシップといったことを見た上で、合否を決めるのです。

「そんなの準備をせずとも、子供は子供らしく、普段通りにやればいいじゃないか」という声が、すかさず聞こえてきそうですが、そう甘くないのが小学校受験です。試験は一発勝負。一時間や二時間の短い時間の中で、子供のそれからが大きく変わってしまうのですから親は必死。試験当日に向けて多額の費用と時間を費やすことになるのです。

まず、最初の関門は幼稚園入試です。

「幼稚園に入試なんかあるの？」と驚かれる方もいるでしょうが、富裕層が多く住む地域には有名私立小学校に高い合格率を持つ幼稚園が存在します。中には卒園生のほぼ全員が私立小学校に進学する幼稚園もありますから、定員を遥かに上回る入園希望者が殺到します。いずれも私立ですから、必然的に入試を行なわざるを得ないことになるわけですが、試験の内容は小学校入試と同様、〝行動観察〟、そして親子面接です。

有名私立小学校の通学圏内にある麻布、広尾、世田谷、渋谷、恵比寿、白金、目黒などは、まさに幼児教育の聖地とも言える地域で、入り口に「○○幼稚園何人合格」と掲げた、幼稚園入試を専門とする教室もあれば、幼児向けの英語教室やインターナショナル・スクールもたくさんあります。幼稚園入園前にピアノやバイオリン、絵画、工作といった、情操教育に取り組む家庭も珍しくはありませんから、2軒、3軒の教室の梯子(はしご)、それも連日の教室通いという家庭も当たり前に存在するのです。

「お受験教室に通うのなら、幼稚園なんかどこでもいいじゃないか」と思われる方もいらっしゃるでしょうが、合格率が高い幼稚園の園児はほぼ100%小学校受験をしますから、教室や志望校の情報交換等も周囲に気兼ねすることなくできますし、幼稚園の教育内容もかなり高度なものが多く、「高校でいう進学校の幼稚園版」と言えば、分かりやすいかもしれません。

そして念願かなって、志望する幼稚園に合格したらいよいよ本番。そこから小学校入試に向けて、長い戦いの始まりです。

こうした幼稚園は午前中いっぱい、遅くとも午後の早い時間に終わりますから、親は子供を幼稚園に送り届け、簡単な家事をすれば、すぐに迎えに取って返すことになります。

その足で教室に直行。それも、お受験教室、体操、絵画の三つは基本中の基本で、絶対に外せません。それに加えて水泳、駆けっこ、英語、バレエ、ピアノやバイオリンと、とんでもない数の教室に子供を通わせる家庭も珍しくありません。

こんな生活が、小学校受験が終わるまでの三年間、連日続くのですから、親、特に母親は忙しいなんてものではありません。子供が生まれてからの一、二年は育児、そこから先は、ひたすら受験の準備に追われることになるのです。

当然、教育費も大変な金額になるわけで、教室を三つ掛け持ちすれば、10万円で済むわけがありませんし、中には幼児だけの三週間の夏合宿を毎年行なう教室もあり、参加させれば100万円を超える費用が発生するのですから、それこそ青天井。そして、念願かなって私立小学校に合格しても、東京23区の平均初婚年齢は男性31歳、女性30歳。結婚直後に妊娠しても、母親になるのが31歳ですから、第一子の小学校入学時点で37歳。たとえ経済的に余裕があったとしても、それから子作りに励み、二人目、三人目を産み、第一子と同様にお受験に取り組もうという気になれるはずがありません。

中学受験もまた同じ

もっとも、お受験に真剣に取り組む家庭は、東京でも限られた地域の限られた層で、全体からすれば極めてわずかではあるでしょう。

しかし、これが中学受験となると様相は一変、公立校に通う多くの小学生が私立中学への入学を目指します。

近年、都内私立中学への進学割合は、東京全体でこそ18％ですが、区ごとに見ると、文京区では実に42・3％。千代田区、港区、中央区、目黒区で30％台後半、渋谷区、品川区、世田谷区では30％台前半となっています。これはあくまでも進学者の割合ですから、受験した生徒はさらに大きな数になるはずです。

中学受験に本格的に取りかかる時期は、小学校4年生頃と言われていますが、それより遥かに早いうちから塾に通うのが一般化しています。

「公文」はその代表的な塾の一つですが、いよいよ中学受験専門の塾に通い始めると、その費用はどれほどの額になるのか。

塾や学年によって差はあるものの、最低でも年間50万円前後。6年生になると特別講習や合宿等の費用を含めて100万円を遥かに超える塾が多いようです。授業の回数は週2回から4回とまちまちですが、これで済むなら御の字というもので、家庭教師を雇うことになったら、費用は一気に跳ね上がります。

家庭教師が大学生のバイトだった時代は、過去の話になりつつあるようで、今ではプロも多くいて教師のレベルによって料金には格段の開きがあるのです。

実際に取材で聞いた話では、安ければ1時間数千円で済みますが、難関校への高い合格実績を持つプロ教師ともなると、1時間2万円、3万円にもなるといいますから、頻度によってはこちらの出費も青天井。塾に通わずとも合格する秀才もいないではないでしょうし、ずば抜けた成績を修めれば、授業料免除という塾もありますが、そんな恩恵に与れるのは、例外中の例外です。いずれにしても、受験をすると決めた時点で、親は相当な出費を覚悟しなければなりません。

満願成就、志望校に合格したとしても、さらに出費は嵩みます。大学までの一貫校はまだしも、大学入試に備えるとなれば塾通いは続くでしょうし、入学金が初年度に、授業料は毎年発生します。

こちらもまた、学校によって大きな差があるものの、東京都が公表している「平成31年度　都内私立中学校の学費の状況」によると、初年度納付金（総額）の平均額は95万977０円、最高額は187万6000円、最低額は54万8000円。このうち、授業料の平均額は年額47万3467円で、最高額は132万2000円、最低額は25万2000円となっています。

中高一貫校なら、最低でも六年間、ほぼ同額の授業料を支払わなければなりませんし、高校進学時には入学金がかかります。

いかに東京都民の平均賃金が全国一、他道府県に比べて群を抜いて高いとはいえ、38万400円、年収にして460万円強です。この年代の子供を持つ親は、住宅ローンを抱えている方も多いはずですから、親一人の収入だけでは教育費を捻出するのはまず不可能です。

もちろん、中には夫婦共働き、ダブルインカムという家庭も少なくはないでしょうが、女性の職場進出が進み、キャリア志向の女性が増えてはいても、日本ではまだまだ出産、子育てへの理解を得るのが難しいのが実情です。

育児休暇制度を導入している企業が増えているとはいえ、一定期間でも職場を離脱することに躊躇(ちゅうちょ)する女性も多いはず。まして、制度を二度、三度と使うとなれば、相当な勇気と覚悟を要するのは想像に難くありません。

かくして、中学受験組にしても、幼稚園・小学校受験組と同様、子供は一人が精一杯。二人目などとても持てないということになるわけです。

中国、韓国との共通点

子供の将来を案じない親はまずいません。できるだけのことはしてやりたいと思うのが親心というものです。そのためには高い教育、というより、少しでも偏差値の高い学校に我が子を入学させようと、親は必死になり、身を削ってでも教育におカネをかけることを厭(いと)わないものです。

こうした傾向が見られるのは日本に限ったことではありません。韓国、中国は、その最たるもので、日本以上と言えるでしょう。

日本でも韓国が大学入試シーズンを迎えると、試験開始時間に遅刻しそうな受験生をパトカーや白バイが会場に送り届ける光景が盛んに報じられます。受験会場の入り口には、各高校の後輩が群れをなし、入場していく先輩を横断幕を手に激励すれば、父兄は閉じられた門の前で、試験中ずっと我が子の合格を祈り続ける。

韓国では、幼稚園の頃から英語、中国語、日本語を学ばせている家庭が多いそうで、ソウル在住のジャーナリスト・金敬哲（キムキョンチョル）氏の著書『韓国　行き過ぎた資本主義』（講談社現代新書）には、一例として小学5年生の日常がこう書かれています。

「ソウルでは小学生の頃から少なくとも一日に2、3軒の塾を回るのが当たり前。下校時の学校周辺の道路には、子供を塾に送る母親たちの車がずらりと並んでいて、英語塾での3時間の授業が終わると母親と合流し、20分で食事を済ませた後、数学塾へ走っていく。有名塾の人気は過熱しており、入塾試験に合格するための塾まである」

まさに東京のお受験事情以上の光景が繰り広げられているのです。

そして高校になると、1年生から「夜間自律学習」なるものが、全ての学校で行なわれているそうで、放課後もすぐに帰宅することはなく、そのまま学校に残り夕食を摂った後、教室で学習が始まるのだといいます。自律学習ですから、下校し塾に通う生徒も多いそうですが、この自律学習が終わるのが何と二十二時！　それまで教員も待機という凄まじさです。

韓国は住宅事情に恵まれていないせいで、子供の勉強部屋を確保するのが難しいという事情があるにせよ、教育熱が極めて高いことが窺えますし、ソウルなどの都会の小学生は7、8軒の塾に通う子供たちも少なくないといいます。実際、学校外教育費に日本円で月額30万円を費やす家庭もあるという話を聞いたことがありますが、雇用労働部の「雇用形態別労働実態調査」によると、韓国の平均年収は約320万円。大企業と中小企業では大企業が月額約45万9000円、中小企業は20万5000円と2倍以上の差があることから、自律学習は、経済的理由で塾へ通うことができない生徒の救済策という側面があるのかもしれませんが、大企業に勤務していても一日2、3軒もの塾に通わせたのでは、費用を捻出するのは相当厳しいはずです。

そう言えば、かつて、海外でゴルフスクールを経営していた知人が、「韓国では子供に何かしらの才能があると、親は全財産を、あるいは借金をしてでも子供に賭ける。日本人のゴルフ留学生は遊び半分だが、韓国人は自分の将来だけでなく、家族の将来がかかっていることを知っているだけに、取り組み方、ハングリーさが全く違う」と語っていましたが、大学受験にも同じことが言えるのでしょう。

中国もまた同じです。

試験会場に向かう受験生を乗せた貸し切りバスを群衆が取り囲み、激励の声援をかける。あるいは試験の最中、孔子像に親が願を掛ける映像を毎年目にしますが、2018（平成30）年6月7日の米CNBCは、「中国の入試『高考』に合格するためには学校外教育が鍵になる」と報じています。

また、その中で、「不動産と同様、安い塾は指導の質に問題があると親は考える。それが授業料の高騰に繋がっている」と、ある母親の言葉を紹介しています。

実際、中国の学習塾市場は1200億ドル（約11兆円）にもなる（FNN PRIMEでは16兆円とも）といいます。

2018年の日本における教育産業の市場規模は2兆6794億円（矢野経済研究所）。「高考」を受験する中国の高校生は、2017年が940万人、同年の日本のセンター入試が約57万人であることを考えれば、市場規模に格段の差があるのは当然なのですが、2019年初頭の国民の平均所得は、円に換算すれば中国全土で月額約10万円（『人民網』日本語版2019年3月1日）とありますから、年額120万円程度。もっとも、万事において地域間格差がつきものなのが中国です。中国の統計によると、2019年の都市別平均賃金トップが北京で月額1万970元とありますが、1元16円で換算すると、それでも年額210万6240円に過ぎません。

14億人と巨大な人口を持つだけに、教育産業の市場規模が大きくなるのは当然だとしても、中国が11兆円、日本は2兆7000億円。中国は長く不動産投資ブームが続いてきましたし、結婚は男性が家を持っていることが最低条件というお国柄です。ローンを抱えている親が圧倒的多数でしょうから、家計の中に占める教育費の割合は、韓国と同様、決して小さなものではないはずです。

少子化の最大要因は科挙制度の影響

では、なぜ韓国、中国の親たちは、それほどまでに子供の教育費におカネをかけるのでしょう。

　この二つの国には、かつて科挙の国であったという共通点があります。

　韓国の大学最高峰はソウル大学ですが、「ＳＫＹ」と称されるように、高麗（コリョ）大学、延世（ヨンセ）大学が三大名門大学とされています。いずれかの大学に合格すれば、ＳＫＹの文字通り、一気に空に駆け上がり、前途が開ける。そして、これらの大学を頂点とした学歴ヒエラルキーが完全に出来上がっているのですから、大学ならばどこでもいいというわけにはならないのです。

　全ては学力の高低、しかも入試の点数次第で、その後の人生が決まってしまう。東大や京大と同様、1点が合否を分けることになるのですから、受験生はもちろん、親が必死になるのも無理はありません。

　中国もまた同じです。

　何といっても、中国は科挙制度を生んだ国。清の時代に至るまで、長くこの制度の下、官吏を採用してきたのです。科挙がいかに過酷な試験であったかは、浅田次郎氏の名著『蒼穹（そうきゅう）の昴（すばる）』（講談社）に詳しく書いてありますので、是非一度お読みいただきたいのですが、制度が廃止されて長い時が流れた今もなお、中国は紛れもない科挙の国と言えるでしょう。

中国には２８７９校の大学がありますが、政府がランク付けを行ない、その中の１１２校を「重点大学」、残る２７６７校は「非重点大学」とあからさまに区別しています。

重点大学の卒業生は、就職活動でも断然優遇されれば、生涯にわたっても能力（といっても学力ですが）の証明となるのですから、やはり大学ならどこでもいいわけがありません。重点大学に合格できるか否かで、人生が大きく変わってしまうのですから、誰しもが１１２校のいずれかへの合格を目指す。競争が苛烈を極めれば、受験生だけでなく、親も必死になります。いや、親どころか、評論家の石平（せきへい）氏によれば、高校の教師は、重点大学に教え子が何人合格したかで評価され、さらに年末のボーナスに大きく反映されるといいますから必死です。

試験間際になると、教師、親、後輩が一丸となって受験生を激励するのも韓国と同じなら、各地方で実施された統一試験で、地方トップの成績を修めると、かつての科挙制度の「状元」に倣って、「高考状元」と称して褒め称え、街をパレードすることもあるといいます。

そして、中韓両国ほど極端ではありませんが、日本もまた、紛れもない学歴社会です。AO入試が取り入れられて以来、学力一辺倒のかつての受験のあり方とはだいぶ変わってきたとはいえ、偏差値によって序列化され、上位の大学に入学できるか否かで、その後の人生が変わって来るのは事実でしょう。

そうした傾向が顕著に表われるのが新卒採用です。

新卒採用に際して、かつてのように表だって指定校制度を取り入れている企業はありませんが、エントリーの段階で学校名をもって篩(ふるい)にかけているのは公然の秘密。自社が採用対象とする大学の学生以外は、満席を理由に会社説明会にすら参加させないのは、広く知られている事実です。

一流校に合格できるか否かで、与えられるチャンスが違ってくる。子供の将来が大きく変わる。その現実が、そして不安が、親の教育熱をかきたてる。

かくして、平均以上の所得があっても、子供は一人で精一杯。あるいは、教育費のことを考えれば産む気にはなれないと、端(はな)から子供を持つことを諦める夫婦が出てきたとしても、不思議ではないように思うのです。

事実、国立社会保障・人口問題研究所の調査（２０１５年）では「理想の子ども数を持たない理由」として挙げられているのは、「子育てや教育にお金がかかりすぎるから」というのが56・３％でダントツですし、合計特殊出生率に至っては、中国１・６、韓国０・９２、日本１・３６。ただ、中国の１・６は一人っ子政策の破滅的な結果を覆い隠すためだという異論もあって、ウィスコンシン大学マディソン校イー・フーシェン教授によると、２０１０年から２０１８年の合計特殊出生率は平均１・１８であるという指摘もある（『朝日新聞』別刷り日曜版「ＧＬＯＢＥ」２０１９年２月20日）。特に韓国に至っては１・０を割り込む、つまり生涯一人の子供も産まない女性が多くなっているのですから、かかる事態を放置しておけば、いずれ国が消滅することになってしまいます。

人口動態統計は、推計の中でも極めて精度が高いと前述しましたが、私たちの年代が生きている間は何とかなっても、かかる現状に決定的な打開策を講じることができなければ、社会、ひいては国がもたないのは日本とて変わりはないのです。

第二章

不確実性に拍車がかかる時代

高額な教育費を負担できるのも、確たる職があり、応分の収入を得ていればこそのことです。それ以前に、長期的スパンで家族の生活が維持できる見通しがなければ、子供を持つ気にはならないでしょう。

つまり、職場、収入の双方に安定が求められることになるのですが、果たして日本経済の今度はどうなるのか。明るい未来が待ち受けているのでしょうか。

医師も決して安泰ではない

「是非とも我が子を医者に」「できることなら医者になってほしい」世間には我が子を医師にと願う親は、たくさんいるでしょう。

いや、親以前に優秀な成績を修めている生徒には、「お前、医学部狙えるぞ」と教師が勧め、その多くが医学部を受験します。

確かに大学入試において、医学部は最難関。特に国公立や私立の有力校は並大抵の学力では合格することができません。まさに選ばれし者だけが入学を許される学部であり、医師は社会的ステータスもあれば、高収入も得られる可能性が高い職業です。開業すれば定年もなく、生涯現役でいられるのですから、安定した人生という点では鉄板の職業。「願わくば我が子を医者に……」と親が考えるのも当然と言えるのですが、それも現時点ではの話かもしれません。というのも東京のような大都市に生活基盤を置いているとあまり実感は湧かないでしょうが、地方の過疎高齢化は凄まじい勢いで進んでいるからです。

私の実家は岩手県にあって、年に数回里帰りをするのですが、かつて1学年5クラスあった中学校は、今では1クラス。小学校もまた同じ。それも年々生徒数は減る一方です。住人の多くは高齢者で、その数すらも子供と同様、年々減少するばかり。しかも、独居老人が増えていることもあって、帰省するたびに空き家は増加。廃業が相次いだ町の商店街はシャッター通りと化し、もはや昼間でも人の姿を見ることはまずありません。それでも町内には内科医常駐の公立病院がありますし、市内には総合病院も何軒かある。開業医もおりますから、医療環境にはまだ恵まれている方だと言えるでしょう。

ですが、「人口の減少は市場の縮小を意味する」と、何度か述べましたが、これは医療の世界にも言えることです。まして、高齢になればなるほど医療機関を利用する頻度は高くなりますから、独居老人が亡くなることによる空き家の増加は確実に患者の減少、つまり市場の縮小を意味します。

平成の大合併で市に組み込まれた町村はたくさんありますが、そうした地域では市の中心部こそ、ある程度の人口があるものの、かつての町村単位となると人口密度は格段に低くなり、通院する際の足として自動車は不可欠。まして総合病院ともなれば、さらに長い距離の移動を強いられますから、高齢化が進むにつれ自力では通院不能な高齢者が増加しているのです。

医療もまた立派なビジネスである限り、地域人口が一人減り二人減りとするに従って、病院、特に開業医は経営を続けるのが困難になる時が、遠からずしてやって来るでしょう。ならばその時、開業医は生き残る道をどこに求めるのか。

患者のいる場所、つまり人口が多い都市部に移り住むしかありません。

しかし、それも容易ではないはずです。都市部に移り、開業するにも多額の資金が必要です。仮に医療機器はそのまま使うとしても、賃貸ならば家賃が発生します。都市部の家賃は人通りの多い場所ほど高額です。加えて看護師の人件費も発生しますし、患者だってすぐに集まるかどうかは分かりません。まして、地方の過疎高齢化が改善されない限り、同じような状況に直面する医師が続出するはずです。それらの医師がこぞって都市部に出るのはあり得る話で、そうなれば患者の争奪戦が始まります。以降は、それこそ腕次第、評判次第、いかにして多くの患者を獲得できるかが収入の多寡を決めることになるわけです。

勤務医も同じです。地方の公立病院が地域医療を支えるという重大な使命を帯びているとはいえ、地域の人口が減少するにつれ経営は悪化していきます。公金で賄われている以上、いかにニーズがあろうとも赤字を垂れ流すわけにはいきません。どこかの時点で、統廃合ということになるのでしょうが、二つの組織が一緒になれば、必ずや余剰人員が発生します。

その時、余剰となった医師や看護師はどこへ行くのでしょう。地方都市、市町村の多数が人口減少傾向にある今、病院が新設されるとは思えません。医師を養成する医学部が統廃合され、医学生の絶対数が減るならばまだしも、おそらくそうはならないはずです。そんな方針を打ち出そうものなら、私立大学は存亡の危機に立たされますから猛然と反対するでしょうし、国立大学が定員を減らせば、私学の高額な授業料を負担できない家庭の子弟は医師になれない。それこそ医師は富裕層の子弟でなければなれない職業になってしまいます。

もっとも、意地悪な言い方をすれば、糖尿病や高血圧の基準数値を下げた途端、大変な数の要治療対象者が生まれたのですから、その気になれば〝患者〟を確保するのは難しいことではないかもしれません。

しかし、人口の絶対数が減少していくにつれ、やがて限界を迎える時が来るのは明白です。それ以前に、日本の医療費は既に40兆円を超え、これから登場する新薬や先端医療技術の多くは、とんでもなく高額になるとされています。

日本の医療制度は世界に類を見ないほど充実しており、どれほど高額な治療であっても高額療養費制度という有り難い制度のお陰で上限が決まっており、自己負担はほんのわずかで済んでいます。しかし、その差額は既に健康保険では賄いきれず、税金を充てているのですから、この制度とてもう限界に近づいているのです。

いずれ制度の見直しが始まるでしょうが、患者の負担は重くなることはあっても軽くなることはないはずです。となれば、気軽に医師の診察を受けられるのは富裕層。中間層は、よほど重篤な症状でもない限り、売薬で済ませるか、自然治癒を待つ。年金生活者や低所得者に至っては、医者にかかろうにもかかれない。結果、患者の絶対数は減少し、医師として安定した収入を得られる職業ではなくなってしまうでしょう。

では、そんな時代になったなら、医師はどこに生き残りの道を求めるか。

人口の減少は市場の縮小を意味する。その時、企業は海外に市場を求めるしかないと前述しましたが、医師にも同じことが言えるでしょう。世界には、医師不足に悩む国がたくさんありますからね。

しかし、これも容易なことではありません。日本の医師資格がそのまま通用する国は限られていますし、海外でとなれば、最低でも高い英語力を身につけていることが必須の条件となるからです。

現在、私が住んでいる地域には、外国の大使館がたくさんありますし、外国人が住む住居も多くあるのですが、外国人が集中するクリニックは、医師が海外の大学で学んだ経歴を持つか、あるいは海外の病院で勤務した経験があるか、日本の医学部で学んだ外国人医師がいるかのいずれかで、数は極めて限られています。

意思の疎通にこと欠けば、問診はできません。病状や薬の説明もできません。入試の最難関を突破し、医学生の間も英文で書かれた文献を読み、医師国家試験に合格したはずなのに、果たして海外で働ける語学力を持った医師がどれほどいるのでしょうか。

実際、私の友人に小学生から大学を終えるまでアメリカで学び、以降も日米双方の国で働き、引退後は日本のとある都市で医事通訳のボランティアをしている人間がいます。友人曰く「すごく忙しい」そうですから、英語ですら意思の疎通がままならない医師がいかに多いかの表われというものです。

悲観的なことばかりを書いてきましたが、人口動態統計は、数ある統計の中でも極めて精度が高いものとされている以上、このまま人口の減少に歯止めがかからなければ、医師という職業も決して安泰とは言えないのです。

大企業への就職はリスクの高い選択

日本にせよ、中国、韓国にせよ、受験に膨大な時間とおカネを費やし、高学歴を修めようとするのには、それぞれの理由があるでしょう。

しかし、今の時代に至ってもなお、最大の理由は、どんな道に進むにしても有名校を卒業すれば選択肢が増える、つまり学業を終え、社会に出る際に有利になるという考えを親が抱いているからでしょう。

最近では、有名大学を卒業しても、優秀な学生は大企業への就職を望まず、ベンチャー企業への就職、あるいは起業を目指す学生が増えていると聞きますが、就職するならやはり大企業、それも有名企業と考えている学生が多いのは事実でありましょう。

しかし、彼らの多くが、大企業に就職できたとしても、安定した人生が約束されるわけではない。それどころか、いつ不測の事態に直面することになっても不思議ではないと気がついているのは間違いないでしょう。

2015（平成27）年に1億2709万人であった日本の総人口が、五十年後の2065年に8808万人になるという推計があるのは前述しましたが、3割強もの人口が減少すれば、企業、産業規模を維持することはできません。

問題はその過程で、大量の余剰人員が発生することです。

銀行は、その典型的な例でしょう。

現在、日本にはメガバンクが三行ありますが、みずほ銀行は富士と第一勧銀と興銀、三井住友銀行は三井や住友、三菱ＵＦＪは三菱、東京、三和、東海が合併したものです。

かつて、これらの銀行は全国で事業を展開し、大都市の繁華街ともなると、各行の支店が軒を連ねるようにあったものでした。

合併のメリットは、業務の効率化を図ることによって、生産性を上げ、収益を改善するところにあります。同一エリアにある支店を統一、本部もまた複数あったものが一つになるのですから、極端な話、合併する銀行の数を分母にして、分子は1になる。そうでなければ、合併する意味がありません。

支店の数が減れば、支店長のポストも減る。本部管理職のポストも激減します。メガバンクともなると、毎年千人前後の新卒者を採用しますが、それが横一列に並んで「よーい、ドン」。最終的にたった一つの頭取の座を争うのですから、出世争いは激烈を極めます。一つのミスが命取りになれば、出向、ひいては転籍は当たり前。まさに、池井戸潤氏の小説「半沢直樹」シリーズの世界そのものなのです。

銀行以外の業界でも、大企業では出向、転籍は当たり前に行なわれておりますし、それどころか、市場環境の変化によって、表向きは〝募集〟と言いながら、強制的に退職に追い込まれることすら珍しい話ではありません。

大企業に入社したつもりが、気がつけば……という境遇に陥る人は、今後ますます増えていくでしょう。

それでも、出向、転籍で済むなら御の字かもしれません。なぜなら産業界を取り巻く環境が、猛烈な勢いで激変していくのは間違いないからです。

イノベーションの波が既存産業を崩壊させる

これまで安泰、鉄板と目されてきた職業も、先行きが不透明になってきています。ことに大企業においては、その要因は人口減少だけではありません。

イノベーションの波に直面した時、最も弱く、かつ甚大な被害を受けるのが大組織、つまり大企業なのです。

実は、私も一つの産業が崩壊する最中に身を置いた者の一人です。

正確に言えば、崩壊する直前に現在の仕事に転じたので最後まで身を置いていたわけではありませんが、繁栄を謳歌する時代を体験していた分だけ、定年を迎えるその時まで会社があり続けるとは限らないことを、痛切に感じたものです。

会社が崩壊するまでの過程は、『「いいね！」が社会を破壊する』（新潮新書）、小説『象の墓場』（光文社）に詳しく記しましたが、未読の方もいらっしゃるでしょうから、ここでもう一度手短に書くことにします。

私が働いていた会社は、世界最大のフィルムメーカーであったコダックです。

後年になって富士フイルムにシェアを食われたとはいえ、世界市場ではダントツのシェアを持ち、写真業界のガリバー、アメリカのエクセレントカンパニーとの名声をほしいままにし、フィルムの規格はコダックが決めるというほど、創業以来、百年にわたって業界に君臨してきたのでした。

全盛期には「1ドルの売上げのうち、70セントが利益」と言われただけあって、収益性は極めて高く、アメリカ企業にありがちな「にっこり笑って首を切る」という社風とは程遠く、親子三代にわたってコダックの従業員という社員も珍しくはありませんでした。それほど従業員に優しい会社であったのです。

写真ビジネスが儲かったのには理由があります。

写真の撮影にはフィルムが必要です。撮れば次に現像、そして印画紙にプリントして初めて撮影画像を見ることができる。つまりフィルム、現像、プリントの各段階ごとに、収益を得る機会が存在したのです。

フィルムを用いて写真を撮った世代なら記憶があると思いますが、90年代の後半頃までは、クリーニング店、書店、文房具店と、「0円プリント」を謳った看板がやたらと目についたものです。なぜこんな商売が成り立ったのか。そのからくりは、プリント代は無料でも、現像料はしっかりいただく。つまり、ケミカル（現像用薬品）代やペーパー代をタダにしても、現像料だけで十分な収益が得られたからなのです。

これが、メーカー系列の写真店になると、現像料は有料な上、プリント代も1枚あたり30円台から40円台。さらにフィルムの販売からも利益を得られたのです。かつてミニラボ店が乱立したのもそれだけ優位性があり儲かる商売だったからなのです。

しかし、デジタルカメラの登場と共に、この業界に暗雲が漂い始めます。

銀塩写真がデジタルに取って代わられるようなことになれば、三つのプロセスで収益を上げていたビジネスモデルが成り立たなくなってしまうからです。

もっとも、コンシューマー（一般消費者）向けのデジタルカメラの発売が開始された当時、業界人のほとんどはさしたる危機感を覚えてはいませんでした。初期のコンシューマー向けデジタルカメラは、銀塩フィルムに比べて画素数が極端に少なく、画質が劣悪だったからです。画像を出力するデジタルプリンターも同様の問題を抱えていましたし、機械自体が高額でしたから、「撮ったはいいけど、どうやって撮影画像を見るの？」、「品質、コストも銀塩には逆立ちしたって敵（かな）わない」、「こんな質が悪くて高いプリントに、誰がカネを払うの？」と、写真ビジネスのプロを自任する人間ほどネガティブな反応を示したものでした。

ところが急速に普及した携帯電話にカメラが内蔵された途端、状況は一変しました。いや、携帯電話にカメラが内蔵されただけだったなら、銀塩写真市場はまだ暫（しばら）くの間影響を受けなかったでしょう。しかし、カメラを内蔵した携帯電話とほぼ同時期に、インターネットが普及し始めると、業界人のほとんどが全く予期しなかった現象が起きたのです。

かつて、写真業界では、「若者の写真離れ」、「市場は子供を持った若い夫婦と、写真を趣味にするリタイア層」と分析されていたのですが、いち早くブログをやり始めた若者層が、携帯電話で撮った写真をネット上にアップし始めたのです。

「若者の写真離れ」は、三つのプロセスを経なければ撮影画像を見ることができない銀塩写真の手間と、高額な料金を支払わなければならない経済的負担に原因があっただけで、今までなかった遊び方を気軽に楽しめるとなった途端、夢中で写真を撮り始めるようになったのです。

この現象は、写真業界にとどめを刺すことになりました。

国内だけでも2兆円あった市場は、毎年1000億円もの勢いで縮小していきました。これは日本だけではなく、世界中で同じ現象が起きたのですから、「業界のガリバー」と称されたコダックもひとたまりもありません。ついに2012（平成24）年、日本の民事再生法にあたるチャプター・イレブンを申請し、事実上倒産してしまったのです。

ビジネスモデルが確立されている企業ほど脆い

実は、私は会社を去る以前、五年にわたってデジタル製品のマーケティングを担当していました。

コダックはアメリカの中では、博士号を持つ従業員が最も多くいる企業と言われ、８０００人もの博士号取得者がいましたが、研究開発部門の主流はケミカル系で、デジタル系は傍流とされていたように思います。

しかし、１９７５（昭和50）年に世界初のデジタルカメラの開発に成功したのはコダック。後に知りましたが、それから程なくして「銀塩は２０１０年までに、デジタルに取って代わられる。その時、写真は1ドルの売上げで70セントの利益から、５セントの利益しか得られないビジネスになる」と記されたレポートが社内で提出されていたのです。このレポートが出たのが１９７９（昭和54）年。倒産したのが２０１２年ですから、驚くべき精度。まさに写真業界の未来を予言したと言えるでしょう。

もちろん、デジタル関連の仕事に就いていた人間が抱いていた危機意識は、銀塩写真関連の従業員の比ではありません。デジタル関係の研究者たちは、銀塩写真が駆逐される時代が来ることを見越して次々に新製品を開発し、市場に送り出します。

ところが、当時のパソコンの性能は、現在とは比べようもないほど低く、とにかくよくフリーズする代物で、単純な画像処理はまだしも、データ量が重く、あるいは処理が複雑になると、突然爆弾マークがモニターに現れる。さらに厄介なことに、パソコンの勃興期とあって性能は日進月歩。製品化にこぎつけた頃には、遥かに高性能な新型モデルがリリースされているという有り様です。

それでも開発の手を緩めなかったのは、写真業界が生き残るためには、こうした機器が絶対に必要だと考えていたからです。

しかし、その時点ではコダックは銀塩写真の市場で食っていて、デジタル事業の収益はほぼゼロです。メーカーがあからさまにデジタルに舵(かじ)を切ろうものなら、カメラ店が「じゃあ、俺たちをどうしてくれるんだ」と反発するのは目に見えています。

コダック、富士、コニカの3社間で、激烈な競争を繰り広げている最中に、カメラ店が一斉に反発し、他社に乗り換えようものなら、目も当てられません。来るのは間違いないとしても、いつ来るか分からない大波に備えるために、今現在の売上げをなくすわけにはいきません。第一、その波が来るまでの間、どうやって食っていけばいいのか……。

明日の飯より今日の飯。なまじ、食えているだけに、意思の統一ができないまま、結果的に、身動きが取れなくなってしまったのです。

かように、高収益を上げるビジネスモデルが確立されている企業ほど、簡単に過去を切り捨てることができないだけに、イノベーションの波には脆く、ベンチャーはそうした産業のビジネスモデルを崩すことができれば、巨大市場をそっくりそのまま手に入れられると狙ってくるのです。優秀な学生が大企業への就職を避け、ベンチャー企業への就職、あるいは起業をするのも、そこに気がついているからに違いありません。

「日本の柱」自動車産業とて例外ではない

現在の日本を支える産業と言えば、自動車が真っ先に上がるでしょう。

自動車産業の裾野は広く、下請け、孫請けと、大・中・小のいかんを問わず、膨大な数の企業がこの産業の恩恵に与っているのは周知の事実です。

しかし、この業界にもイノベーションの波が確実に押し寄せています。

それが何かは言うまでもありません。

電気自動車（EV）の出現です。

EVは自動車といっても、内燃機関を用いる従来の車とは似て非なるものです。電力をエネルギー源としてモーターで走り、部品点数に至っては従来の自動車の10分の1程度とされています。

日本の自動車会社は、系列に部品メーカーを持っていますが、内燃機関に用いる部品はEVとは全く異なりますし、それ以前に部品点数が10分の1になれば、傘下の部品メーカーが現在の事業規模を維持することはまず不可能でしょう。

次世代の自動車の動力を水素に求めたのは、自動車部品メーカーの経営を維持する目的があってのことでしょうが、そもそも水素自動車が広く普及することはあり得ない話だったのです。

最大の理由は燃料の供給インフラ整備です。

水素燃料の供給ステーションを1軒設けるのに要する費用は4億円と言われています。

近年、ガソリンスタンドの廃業が相次いでいますが、その理由は法定寿命を迎えた燃料タンクを入れ替えようにも費用が捻出できない、入れ替えたにしても、採算が取れないからです。

タンクの入れ替え費用は2000万円ほどとされていますが、採算が取れないというのは二つの理由があるように思います。

一つは自動車の燃費性能が格段に上がったことです。

ハイブリッド車（HV）が登場して以来、燃費性能は格段に上がり、今やリッターあたり20キロ、30キロの性能を謳う自動車はざら。プラグイン・ハイブリッド車（PHV）に至っては、フル充電で40キロ走ると謳っている車種もありますから、買い物程度ならガソリン消費はゼロ。毎日充電していれば、ガソリンを補給するのは、年に数回あるかないかでしょう。

加えて高齢化は進む一方で、国内の販売台数は減少傾向。まして高齢者ドライバーが問題視されている昨今の状況では、免許証を返納し、自動車の運転を諦める人が今後激増するのは間違いありません。

ならば、その穴を埋めるのが若者になるのかといえば、そうはならないでしょう。50代以上の世代には、自家用車の所有は一人前になった証で、購入するのが当たり前と考えていた節がありますが、今の若者はそうではありません。

現実的というか、合理的というか、公共交通機関の方が安くて便利、どうしても自動車が必要な時は、借りればいいと考えているのです。

実際、その通りではあるのです。自動車の維持コストは決して安くはありません。定期点検、車検、ガソリン、保険、自動車税と、自動車を所有しているだけで、基本的なコストが発生しますし、住環境によっては毎月駐車場代だってかかるのですから、小遣い程度の出費では済みません。

都市部を中心にカーシェアリング・ビジネスが急速に拡大しているのは、使用料を払うだけで済ませる、無駄な出費は極力控えるという意識の表われなのです。

かくしてガソリンの需要は減るばかり。2000万円の費用でタンクを入れ替えても採算が取れないというのに、個人にせよ、企業にせよ、4億円もの大金を投じて水素ステーションを始めようという人が現れるわけがありません。

ならばＥＶはどうなのか。

ＥＶの動力源はモーターなので、必要なのは電気です。言うまでもなく、どんな辺境の地であろうとも、人が住んでいる場所には必ず電力が供給されているのが日本です。しかも、地方で自家用車と言えば圧倒的に軽自動車ですが、その９割が１日の走行距離は40キロ未満で、現時点でＰＨＶに搭載されているバッテリーですら、使用後に自宅で充電すれば十分に事足りることになります。

こう述べると、「ＥＶが主流になる時代なんて、いつやって来るんだ。充電には時間がかかるし、走行距離だって……」という声が聞こえてきそうですが、それは技術の問題なので、解決される日がそう遠からずしてやって来るでしょう。

現に、この分野のテクノロジーの進歩は目覚ましく、米カリフォルニア州に拠点を置く新興ＥＶメーカー「Lucid Motors」が、２０２０年８月に公表したデータによると、同社のセダン「Lucid Air」は、推定値ではあるものの、フル充電で約８３２キロもの走行距離をマークしたそうです。

開発速度が加速する技術の世界

考えてもみてください、自分が生まれた頃の社会と現在の社会の有り様を。

私は1957（昭和32）年に岩手県で生まれました。

幼い頃の記憶にある光景といえば、自動車は走っていましたが、道路は未舗装、水田を耕す際には牛、農家の中には荷物運びに牛車や馬車を使っているところすらありました。実際、町には馬鍛冶があって、立派に商売として成り立っていましたからね。

テレビに接したのは、幼稚園の頃、NHKで放送していた人形劇『ブーフーウー』を観たのが最初です。我が家にテレビがやって来たのは、小学生になってから。電話を持つ家は少なく、使用に際しては電話機についたハンドルをグルグル回し、交換手を呼び出して、相手の番号を伝えて繋げてもらう。母親の実家は旅館をやっていたので、電話もテレビもいち早く購入したのですが、夜になると近所の人たちが視聴に押しかけ、電話に至っては電話機を借りに来たり、取り次ぎの電話が頻繁にかかってきたりしたものでした。もっとも当時の岩手は「日本のチベット」と称されていたので遅れていたのかもしれませんが、地方の中小都市も似たようなものであったでしょう。

それが、今やどうです。田畑の中に立派な道路が張り巡らされ、東北自動車道も整備されました。鉄道だって蒸気機関車はディーゼルに、そして電気機関車から新幹線です。

住環境だって激変しました。

東京で生活を始めたのは1976（昭和51）年のことでしたが、一般家庭ですらエアコンはほとんど普及していませんでしたし、学生のアパートに至っては皆無でした。自動車だってそうです。その頃の自動車は、エアコンは標準装備ではなく、夏になると窓を開け放ち、流れ込む風で暑さを凌いでいたのです。そうそう、冬になるとなかなかエンジンがかからず、チョークを引いてエンジンをかけ、しばらく暖機運転をしなければエンストしてしまいましたっけ。

オフィス環境だって同じです。

私が入社した当時は、コピー機やファックスがやっとオフィスに導入され始めた頃で、海外とのやり取りはテレックス。ワープロなんてものは影も形もありませんでしたから、社内には文書室なるセクションがあって、公的書類には文章を活字で作成する和文タイプライターが使われていました。英文書類を作成する際に用いたのは欧文タイプライターで、タイピストの資格を持った女性社員の仕事でした。

コンピュータは既にありましたが、パソコンなどは誰もが使えるマシーンではなく、躯体が大きい割にモニターは小さく、性能に至っては今とは比べものにならないほど原始的な代物でした。

それからわずか十五年。会社を辞めた頃（1996年）のオフィスといえば、海外も含め社内のやり取りはメールで。後のインターネットのテスト版が早くも使われるようになっていましたし、一般家庭でもコピー機やファックスなどはあって当たり前。ビジネスパーソンの連絡手段もポケベルから携帯電話へと代わりつつありました。

そして、会社を辞めてから二十四年。約四半世紀経った今、携帯電話はスマホが主流となり、静止画、動画、録音、音楽、辞書、情報、計算機、果ては決済と、挙げればきりがないほどの機能を搭載した、生活に必要不可欠なツールとなりました。ファックスや固定電話の使用者は減少の一途。買い物にしたってネット通販サイトにアクセスし、ポチっとやれば翌日には届いてしまいます。

交通の便も劇的に良くなりました。東京では、地下鉄の整備が進み、各鉄道会社間の相互乗り入れも始まりました。その昔、高額なゆえに一般庶民には縁遠かった空の旅も、LCCの登場によって、もはやバスや鉄道同然、気軽に使える交通手段となりました。そして、今度は新幹線に代わってリニアです。

生まれた頃の社会を思えば、現代社会はまさにSFの世界そのものです。技術は、かように凄まじい速度で進歩するものなのです。

そして成功した後、開ける市場が大きければ大きいほど、開発速度が加速するのが技術の世界です。

パソコンがそうです。

私が本格的にパソコンを仕事に使うようになったのは、IBMの5550が発売されてすぐのことでした。このマシーンはもっぱらホストコンピュータの端末とワープロとして使われていたのですが、プログラムを独自に作成すれば、他の業務にも使うことができました。そこで独学で言語を学び、業務にも使っていたのですが、そこにアメリカ人の上司がアップル社のマッキントッシュを持ち込んできたのです。

一目見た瞬間、もの凄い違和感を覚えました。操作があまりにも簡単過ぎる上に、ミスタッチをすると、なんだか変な音が鳴る。アイコンにしたって漫画チックで、パソコンなのにオモチャのように思えて、職場に置くことが不謹慎なように感じられたものです。

ところが実際に使ってみると、最初に覚えた印象は一変、その便利さ、機能の豊富さ、快適さに目を見張りました。しかも、今までプログラムを個人で書かなければならなかったのが、ソフトで動く。驚愕（きょうがく）は感動に変わり、以来、熱狂的なアップル信者になったのです。

ただ、残念なことにホスト端末として使えなかったこともあって、爆発的な普及とまではいかなかったのですが、そこに登場したのがマイクロソフトのウインドウズ（Windows）です。

ホストコンピュータとの互換性を全く持たないマッキントッシュの弱点を、ウインドウズは見事に克服したのです。業務にもパーソナルユーズにも使えるのですから、売れないわけがありません。ウインドウズのＯＳは世界を席巻（せっけん）し、マイクロソフトは瞬く間に世界有数の巨大企業へと成長を遂げることになったのです。

こうして、当時の情勢を振り返ってみると、アップルにせよマイクロソフトにせよ、紛れもないベンチャーです。たった数人で起業した小さな会社が、短期間のうちにこれだけの成功を収めた一方で、資金量、人材、施設とあらゆる面で絶対的優位にあった名だたるコンピュータ関連企業が、なぜ両社のようなOSを開発できなかったのか。なぜまんまとベンチャーにしてやられてしまったのか。

それについての私見は後述しますが、かつて、携帯電話が登場した当初、使用可能範囲は東京では23区内がせいぜいでした。室内やビルの陰に入ろうものなら、圏内でも通話不能で、「全国どこでもなんていつのことになるやら。第一、膨大な数の中継局が必要になるわけで——」と、したり顔で語る人が少なからずいたものでした。高額な使用料がネックになると語っている方もいましたが、これも振り返ってみれば、というものです。

今や日本全国どころか、世界のどこにいても、即座に電話が繋がります。電話は一家に1台どころか、一人に1台の時代になりました。持って当たり前、繋がって当たり前の時代になってしまうと、過去の難点など綺麗さっぱり忘れてしまう。「そんな時代もあったよね」で片付けてしまうのが人間の常なのです。

ＥＶ時代の到来で日本の自動車メーカーは生き残れるか

ＥＶ搭載用のバッテリー開発は、主に大手企業の間で競争が繰り広げられていますが、問題は次世代の自動車はＥＶという流れが出来上がった時、日本に限らず既存の自動車メーカーに勝ち目はあるのかという点です。

日本の自動車メーカーは自社系列の部品メーカーを傘下に持っていることは前述しましたが、販売も同様で、エリアごとに販売店（ディーラー）を持ち、営業活動やメンテナンスを一任しています。

ところが、世界最大のＥＶメーカーであるテスラは、ディーラーを一切置かず、受注のほとんどをネットを介して行なう方向で動いているのです。とどのつまりはネット通販というわけですね。

この販売手法の最大のメリットは、中間マージンを完全に排除できる点にあります。改めて説明するまでもありませんが、ディーラーは多くの営業マンとメンテナンススタッフを抱えています。その全員が給与を得ているわけですし、営業マンには業績に応じてボーナスが支払われます。さらにディーラーにはメーカーから販売促進費や報奨金等々、多額の販売支援金が与えられ、これらの金額を含めたものが販売価格になっているわけです。加えて、メーカーは販売促進の一助として、テレビや新聞、雑誌を介して、多額の費用を投じて広告を打っているのですが、テスラは一切行ないません。

さすがにメンテナンスを行なうサービスステーションは置くものの、ディーラー網を持つことに比べれば、コストは微々たるもの。テスラは、そこで浮いたおカネを車両の値引きに使っているのです。もちろん試乗はできません。しかし、購入から1週間以内、走行距離が1600キロ以下ならば返品可能。代金も全額払い戻されるのです。

しかも、車をコントロールするソフトウエアは、衛星を介して常にアップデートされ、不具合があれば即座に改良される。常に改善、改良が加えられ、そのたびに性能や機能が向上していくのです。

もっとも、テスラのEVの難点は車体価格です。2008（平成20）年に初めてリリースされた『ロードスター』は1000万円、2016（平成28）年にリリースされた『モデル3』は500万円と、例えば日産の『リーフ』は300万円から400万円ですからテスラが高額と言えるのですが、注目すべきは成長のスピードです。

2018(平成30)年のアメリカの販売台数ランキングでは、EVしか販売していないにもかかわらず、14位。既に三菱やボルボに優り、GM、フォード、トヨタと大手他社が軒並み前年を下回る中、テスラは対前年比187・6%もの高い販売実績を挙げているのです。

テスラがこのビジネスモデルをもって、日本に本格参入してきたら、果たして日本の自動車メーカーは太刀打ちできるのでしょうか。いや、テスラだけではありません。アメリカの他にも、海外にはEVの製造開発に特化しているベンチャーはたくさんあって、販売に際してはテスラのビジネスモデルに倣った戦略を取るでしょう。

もちろん、日本全国津々浦々にまで電力網が行き渡っているとはいえ、EVが普及するには解決しなければならない問題点が多々あります。マンションの駐車場にはそう簡単に充電設備を設置できませんし、自宅から離れたところに駐車場を借りている人もたくさんいます。高速道路のサービスエリアの充電施設の整備だって必要になります。

しかし、今後地方の人口は確実に減少します。燃費が向上する一方で、地域の人口が減少すれば、間違いなくガソリンスタンドの経営は苦しくなるはずです。廃業が相次げば、ガソリンスタンドまで10キロ、あるいは20キロの距離をただ給油目的で走らなければならない地域も数多出てくるでしょう。

その時、購入者の関心はどこに向かうのでしょうか。戸建て住まいが多く、充電に困らない田舎であれば、乗り換えるならEVということになるのではないでしょうか。

そうした流れができた時、既存の自動車メーカーはどうするのでしょう。EVの需要が高まり、量産化に拍車がかかれば製造コストは安くなる、それすなわち、販売価格を安く設定できるということです。さらに、車の購入は通販で、気に入らなければ返品可能、しかも全額返金。

部品メーカーを傘下に置き、ディーラー網を整備しと、長く業界に君臨してきた自動車メーカーが築き上げたビジネスモデルが、この先も通用するのでしょうか。それとも、過去の一切合切を打ち捨ててでも、新しいビジネスモデルに乗り換えることができるのでしょうか。

2020（令和2）年1月、ラスベガスで開かれた『CES2020』で、トヨタ自動車が富士山麓にスマートシティを建設する一大プロジェクトを公表しました。かねてより、同社社長の豊田章男氏は、「自動車産業は生きるか死ぬかの瀬戸際にある」と危機感を露わにしましたが、これは、今までのビジネスモデルが通用しない時代がすぐそこまで迫っていることに気がついているからに違いありません。

ベンチャーが、既存のビジネスモデルを破壊するところに大きな市場が広がると考えるのなら、豊富な資金、人材を持つ大企業は、持てる資源をフルに活用しベンチャーに優る壮大な構想を立てずして生き残りはかないません。だからこそのスマートシティなのですが、このプロジェクトが成功しても、従来のビジネスモデルからの転換を図るにあたっては、多くの血が流れることは避けられないでしょう。

願わくは、新しいビジネスモデルの中で、内燃機関を用いた自動車の開発に従事してきた技術者、傘下の部品会社やそれに連なる関連会社、そしてディーラーで働く社員の方々を活用できる策も考えておられればいいのですが……。

日本企業がグーグルやアップルになれなかった要因

なぜ、これほどまでに、日本企業の将来に悲観的なのか。

一つは、大企業に顕著に見られる傾向なのですが、前述したように、ビジネスモデルが確立されてしまっているがために、時代の変化に対応するのが極めて困難と思われるからです。

こうした業界は挙げればキリがないのですが、新聞はその典型的な例でしょう。日本の新聞各社の発行部数が激減する一方で、アメリカの新聞社、特にニューヨーク・タイムズやウォール・ストリート・ジャーナルなどは逆に増加する傾向にあるのですが、それは電子版の購読者が増加しているからです。アメリカには全国紙と呼べる新聞は、USA TODAYとウォール・ストリート・ジャーナルの2紙しかありません。後者は経済紙という性格上、国内に時差があるせいで、紙に刷られた新聞が西海岸の市場が開く頃には情報が古くなってしまうこともあって、購読者は東側に集中していたのです。しかし、電子版は紙を用いません。情報のアップデートも極めて短時間のうちに行なえます。ニューヨーク・タイムズにしても、「灰色の貴婦人」と称されてはいても、ニューヨークのローカル紙だったのが、配送を待たずして、ニューヨークの居住者と同時刻に読める。情報伝達の速度差を取り払い、いつでも、どこでも読めるというネットの利便性が、多くの購読者を獲得することに繋がったのです。

ところが、宅配、拡販を販売店に一任してきた日本の新聞社は、そう簡単にはいきません。電子版の普及に力を入れれば、販売店にとっては死活問題。さらに、折り込みチラシの料金は、販売店の貴重な収益源。それも部数によって、得られる収入が違ってくるのですから、電子版の普及が進めば進むほど、販売店は苦境に立たされることになるのです。

日本の全国紙の発行部数は、世界でも突出していますが、それも販売エリア内に同一紙の販売店を置かず、拡販すればするだけ利益が上がるビジネスモデルを新聞社が確立したからです。そして、拡販に奔走した販売店の存在があったからなのです。

このように、イノベーションのジレンマに直面している産業は、たくさんあるのですが、それともう一つ、大企業の体質が未だ旧態依然としている点にも、日本企業の将来を悲観する理由があります。

上司と仕事は選べない。これは企業社会、組織の大原則です。大企業の中には、事業部制を敷き、事業部間での人事異動もなく、入社時に配属された事業部で、サラリーマン人生を終えることも少なくありません。

しかし、どこに埋もれているか分からないのが人材であり、才能です。

企業は常に新しい、あるいは有望なビジネスを探し求めていますが、社内に素晴らしいアイデアを持つ社員がいたとしても、そうした人材を発掘し活用する機能が整っている大企業はまず皆無と言っていいでしょう。

大抵の企業では、新しいビジネスを考える部署は、「企画部」や「新規事業開発部」といった専門のチームがあって、そこに配属された社員が市場調査を行ない、知恵を絞ることになるのが常です。

新技術の開発においても、発案しても上司の承認を得ずして勝手に進めることはできませんし、テーマは上司から与えられるケースの方が多いでしょう。

かつて、「サラリーマンは楽だ。自分でテーマを探さなくていいんだもの。会社が仕事を決めてくれるんだから」と知り合いのベンチャー経営者が言っておりましたが、まさに言われてみればというやつです。

その言葉に付け足すと、命ぜられた以外の仕事、他部署、他人の仕事に口を挟めないのは企業社会の掟です。

「こんな技術をものにできたら」、「こんな製品を世に送り出せたら」と思いついても、上司の承諾がなければ開発に着手することはできません。いや、それ以前に「それは、お前の仕事じゃないだろ？」と言われるのが関の山です。

目出度く承認を貰い、予算を得て開発に取りかかったとしても、会社のカネを使うからには、結果を出さなければなりません。しかも、大抵の場合、期間と予算は決まっています。計画通りにものにできれば、立派な功績になりますが、失敗しようものなら責任を問われることになるのです。

大企業の社員の学歴は似たようなもの。そうした人間たちが、昇進するに従って次第に少なくなっていく、さらに上のポストを争うのですから、一つのミスが命取りにもなりかねません。ならば、功を挙げるためにリスクを冒すより、与えられた仕事を無難にこなす。つまり、いかにしてミスを犯さないかという意識を抱いたとしても不思議ではないのです。

先になぜ名だたる大企業がアップルやマイクロソフト、グーグルになれなかったのかと書きましたが、その理由はそこにあるのではないかと思うのです。

もっと使いやすく、楽しんで使えるツールにすれば、パソコンの普及に弾みがつく。一般家庭にも、急速に普及するはずで、そこに莫大な市場が生まれる……。

製品開発に従事する技術者、研究者ならば、すぐに思いつきそうなものですが、それを阻むのが組織の壁であり、人材の活用、いわゆる「適材適所」の難しさです。

当時、世界のパソコン市場に君臨していたのは、米国ＩＢＭ、日本企業ではＮＥＣ、富士通、東芝といった世界的大企業ばかりで、資金、人的資源、技術力の豊富さは、ベンチャーの比ではありませんでした。それらの企業で技術開発に従事する社員の中には、同じような発想を持った人間もいたのではないかと思うのです。

しかし、開発費は会社のカネ。会社のカネを使うからには相応の成果が求められます。それ以前に、その時点で所属している部署が、自分に与えられた仕事が、新しいＯＳの技術開発に関係していなければ、採用されないどころか、聞いてさえもらえないでしょう。

その点が、ベンチャーは全く異なります。

どんな製品を造るのか。目的を達成するためには、どんな技術を開発しなければならないのか。どれほどの資金を調達しなければならないのか。どんな人材が必要なのか。目指すゴールは起業した時点で創業者の頭の中に明確にあり、投資家の元を訪ね、製品や技術の内容や完成した後の市場規模、そして投資に対してどれほどのリターンが得られるのかを説明し、出資を募り、夢の実現に向かって突き進むのです。

故スティーブ・ジョブス、ビル・ゲイツ、ラリー・ペイジ、セルゲイ・ブリン、IT業界に君臨し、世界的大富豪となった立志伝中の人物たちの成功も、リスクを冒して夢の実現に向けて邁進(まいしん)したからこそのことだったのです。

さらに、画期的な技術や製品開発を難しくしているのが、既存ビジネスとの兼ね合いです。

世の中を一変させた製品、スマートフォンを世界で最初に開発したのはアップルですが、当時半導体や液晶事業を行なっていた家電メーカーは日本にも幾つかありました。

仮にスマホの開発を思いついた人間がいたとしても、企画書を提示した途端、「そんなものを開発したら、うちの事業部が終わっちまうじゃないか」という声が上がったことでしょう。

今や随分昔の話になってしまった感がありますが、かつて日本の総合家電メーカーには、デジカメ、オーディオ、レコーダー、テレビ、パソコン等、現在のスマホに標準として搭載されている機能を持つ製品を製造販売する部署が事業部単位で存在していたものでした。いずれも大規模な工場を持ち、製造ラインはもちろん、製品開発、業務、営業、さらには販売子会社を持ち、多くの従業員が働いていました。

一事業が消滅するだけでも一大事なのに、そのことごとくがたった一つの製品に駆逐されるとあっては、もはや悪夢どころか、会社の存亡に関わる危機以外の何物でもありません。

スマホなんか開発しようものなら、自分で自分の首を絞めるようなもの。製品自体の市場性、将来性は理解できたとしても、二つ返事でゴーサインが出せるわけがありません。

この辺りは、コダックがデジタルに取って代わられることを遥か以前に察知していたにもかかわらず、既存事業からの業態転換に踏み切れぬうちにイノベーションの波に飲み込まれ、チャプター・イレブンの申請に至った経緯そのものです。

しかし、来るものは来る。それは、絶対に避けられないものであると同時に、長く、その分野で繁栄を謳歌してきた産業、事業こそ、イノベーションの波には対応するのが困難になるものなのです。

企業は何のために存在するのか

事業縮小や合併による、従業員の削減。あるいは非正規雇用者を活用することで、労働力の適正化を図る企業の増加。こうした事態は、今後ますます頻繁に起こることになるでしょう。

しかし、かかる事態を放置しておけば、将来設計を立てることはできません。それどころか、そんな事態がいつ我が身に降りかかるか分からないとなれば、結婚はしても子供どころの話ではありません。

かなり以前から、業績低迷に陥った企業が、外部から〝プロ経営者〟なる人間を招聘し、社長に据えるケースが目立ちます

カルロス・ゴーン氏はその典型的な人物ですが、問題は、彼ら〝プロ経営者〟が社長就

任後に、いかなる手法をもって経営再建に取り組むかです。

危機に瀕していた日産自動車で、ゴーン氏が真っ先に行なったのが、「選択と集中」をスローガンにした、工場閉鎖と生産車種の絞り込みでした。

上場企業の経営者の最大の使命は、企業業績を向上させ、株主へ利益を還元することにあるわけですから、確かに経営的には正しいと言えます。めまぐるしく変わる市場環境に対応するためには、万事においてスピードが求められるのも事実です。

しかし、工場を閉鎖売却、不要になった従業員をリストラすれば、利益が出るのは当たり前です。それでよしとするのなら、法外な報酬を支払って、外部から〝プロ経営者〟を招聘するまでもないでしょう。日産自動車の場合、それまでの経営者の資質に問題があったのは事実だとしても、ゴーン氏と同じ手法をもって経営の改善に着手しなかったのはなぜなのか。それは従業員の雇用、ひいては生活への影響を考えてのことではなかったかと思うのです。

退社した後のこととはいえ、私が在籍していた会社もチャプター・イレブンを申請する以前に、多くの社員が早期退職の募集に応じ、職場を去って行きました。今よりも、遥かにマシな時代でしたが、転職先を探すにあたっての苦労話は嫌というほど耳にしました。

　まして、技術の進歩には加速度がつく一方です。時代の流れに適応できない、あるいは不要とされる人員も、事業規模が大きい企業であればあるほど、大量に出てくるはずです。

　韓国の少子化が日本以上に深刻な状態にあるのは前述しましたが、教育熱に加え、１９９７（平成９）年の通貨危機とＩＭＦ（国際通貨基金）による過酷な緊縮財政指導によって、様変わりした企業の給与体系にも要因があるでしょう。

　経済系ニュースサイト「ビジネス・ジャーナル（Business Journal）」の記事（２０１９年10月６日）には、「（韓国では）45歳前後で給料がピークになり、その後は急減するような給与体系を採用する企業が増えた。それまでに幹部になれなければ、若手社員並みかそれ以下になってしまうのだ。長時間のサービス残業など当たり前。とにかく会社に忠誠を尽くす。やがてこれが定着して、『40代定年』とでもいうべき過酷な『制度』ができあがってしまった」とあります。

　職場を追われるのではないにせよ、子供がいれば、40代、50代は人生の中で最もおカネを必要とする年代です。なのに、40代で定年となってしまうとなれば、結婚はできても、子供を持てるわけがありません。

企業は、社会に貢献するために存在するのです。それは、人を幸せにするために存在するということでもあるのです。

「会社があり続けるのと、社員でい続けられるのは別の話」とは、以前に自著の中で書きましたが、将来が見通せなければ、子供なんか持てるはずがありません。

人口が減れば減った分だけ市場は小さくなり、結局は企業の業績に跳ね返ってくるのです。

しかも、事業縮小の対象となるのは、市場性を失ったビジネスや、フィンテックの導入で将来消える職業とされる銀行の融資担当者のように、新技術の出現によって時代が必要としなくなった仕事に従事する従業員でしょうから、同業他社に転職することはもちろん、他の産業に職を求めての再就職も、困難を極めることになるでしょう。

産学協同で再教育の場を

技術の進歩は目覚ましいスピードで起こります。

スマホの出現で、総合家電メーカーでは数多くの事業部が、専門メーカーに至っては会社そのものが、消滅、あるいは規模を縮小した上での業態転換を余儀なくされました。

日本では、一旦就職してしまうと、再びアカデミズムの場で学び直す機会はほとんどありません。

事務系なら経営学大学院、技術職なら大学の研究室、あるいは大学院で学ぶ機会を与えられることはありますが、全体から見ればごくわずかです。

財務、法務、物流、審査、人事のように、他業種に転じても業務内容にあまり違いのない仕事に従事している人はまだしも、営業職となると、まずは商品知識を一から学ばなければなりません。その上、業界が違えば、商慣習も異なりますから、それを身につけるのにも時間がかかるものですが、転職者に期待されるのは即戦力。首尾よく職にありつけたとしても、待ったなしで結果を求められることになるのです。

かつて、素晴らしい実績を挙げていた営業マンが、転職した途端に不振に陥り、会社を転々とするケースは、実際に何度か耳にしました。

今まで従事してきた業務で身につけた技術やノウハウが、転職先で通用しない。それ以前に、もはや必要とされない。

そんな現実に直面する企業人は、これから先も増えていくことでしょう。ならば、産学協同で、将来、あるいは新産業分野に必要とされる知識や技術を教育する場を設けるべきだと思うのです。

大学はもちろん、専門学校だって、少子化によって、学生の絶対数が年を経るに従って減少していくのは明らかです。これまで対象としていた年齢層だけでは、いずれ経営が立ちゆかなくなるのは避けられません。

市場性に乏しくなった事業から撤退するのは、経営的見地から言えば間違ってはいませんが、だからといって、その分野に従事していた社員を丸腰のまま放り出すのは、無責任に過ぎます。

第一、撤退や事業縮小を強いられる事態は、ある日突然やって来るものではありません。予兆は、遥か以前からあるはずなのですから、その時に備えて、事前に再教育の場を設け、しかるべきスキルを身につけさせておけば、転職を強いられる社員のその後も、今とは違ったものとなるはずです。

と言うと、「そんなの自己啓発の問題だろ」「現役のサラリーマンにそんな時間はないし、費用は誰が負担するんだ」、あるいは「至近に再教育をする場がなければ、受けようがないだろ」……そんな声が聞こえてきそうですが、それについては、章を改めて詳しく私案を述べさせていただきます。

第三章

少子化を打開する「ネスティング・ボックス」構想

30～40代にのしかかる住宅ローンと教育費

合計特殊出生率を向上させ、日本の人口を維持、回復させることを考えると、大都市は子供を持つのに極めて厳しい環境にあるのは間違いありません。

厚生労働省の発表によると、現在の平均初婚年齢は、男性が31・1歳、女性が29・4歳（2018年）ですが、新婚当初から親と同居する夫婦は、そういないでしょうから、都市部出身者、地方出身者のいずれを問わず、賃貸物件で新婚生活がスタートするのが一般的でしょう。

当然、家賃、光熱費といった固定費が毎月発生するわけですが、dodaの調べでは、ボーナス、残業代を含む31歳男性の平均年収は450万円、29歳女性が361万円。月収に換算すると男性37・5万円、女性30・1万円（2018年9月～19年8月統計）。

これを高いと見るか、低いと見るかは人それぞれでしょうが、ここから所得税、住民税、健康保険料や年金等が引かれるわけですから、手取額はかなり減少します。

さらに、厚生労働省が公表している「令和元年賃金構造基本統計調査」を基に計算すると、ボーナス、残業代を含まない30〜34歳の平均年収は大卒・院卒男性が386・2万円、高卒310・6万円、大卒・院卒女性336・5万円、高卒245・4万円となります。

ボーナス、残業代は、時々の状況によって増減しますが、いずれにしても、このあたりの金額が基本収入となるわけです。さて、この中から、家賃をはじめとする固定費を支払えば、どれほどの金額が残るでしょうか。

独身時代とは違って、結婚すれば六畳のワンルームとはいかないでしょうから、1LDKぐらいの間取りの物件を借りる方が多いはずです。

もちろん地域によって家賃は異なりますが、東京だと六畳程度のワンルームでも、6万円はしますし、10万円を超える物件も珍しくありません。

これが1LDKとなると8万円から15万円、上を見ればそれこそキリがないのですが、いずれにしても家賃は格段に高くなります。

仮に家賃が15万円だとしても、一年間で180万円。さらに光熱費や通信費といった必須の出費に、食費や交際費等々を加えると、夫婦二人なら事足りるとしても、子供を持つのはやはり難しいかもしれません。

しかも、これだけ少子化が深刻な問題だと言われ続けてきたにもかかわらず、妊娠・出産後も女性が継続して働き続けられる環境が整備されていないのが日本社会です。それどころか、マタハラと称されるように、今に至ってもなお、妊婦を邪魔者扱いする企業は数多く存在します。

かといって、女性が仕事を辞めれば収入は激減しますから、たちまち生活が行きづまる。妊娠に理解を示す職場で働いていたとしても、保育所を確保するのも大変です。入所できたとしても、子供が熱でも出そうものなら仕事を中断し、親のどちらかが駆けつけなければなりません。そうでなくとも、夕方には子供を引き取り、さらに炊事、洗濯。夫婦二人で取り組んだとしても、子供を一人育てるだけでも大変な労力を使うことを強いられるのです。

そして、子供が小学校に上がれば、収入の中に占める教育費の割合が増す一方となる。このあたりの事情は、既に詳しく述べましたので、ここでは割愛しますが、とにかく、学校外教育には多額の出費が必要となるのです。

これでは、子供を持ったとしても一人が精一杯。とても二人目どころではありません。

かくして、日本の合計特殊出生率は、一向に改善されないことになるわけです。
こうした問題を解消すべく、政府や各自治体は託児所を整備し、あるいは児童手当を給付し、と、様々な策を講じてきました。
国、自治体が給付する児童手当は、
0～3歳　月額1万5000円
3歳～小学校修了まで、第一子、二子　1万円　第三子以降　1万5000円
中学生　一律1万円
これを年3回、1回4か月分が支給されますので、一度に4万円からの手当が給付されるわけですが、はっきり言ってこの額では、ないよりはマシといった程度のものです。
加えて、子供が成長するに従って、どうしても家は手狭になります。小学生になる頃には、家賃を払うくらいなら買ってしまうかと、マイホームの購入に踏み切る方がたくさん出てくるはずです。実際、国土交通省が発表した「平成30年度　住宅市場動向調査」によると、初めて住宅を取得した方の年齢は、注文住宅、分譲（戸建・マンション）、中古戸建住宅では30代が最も多く、中古マンションでは40代が最も多いとあります。

これは、住宅ローンの完済年齢の上限は金融機関によって異なるものの、75歳か80歳と決まっており、そこから逆算すると、40代で契約をしている必要があるからです。

さて、そうなると、今度は家賃に代わってローンの支払いが発生することになるわけですが、月々の支払いは、どれほどの額になるのでしょう。

同調査によると、年間返済額は分譲マンションの購入世帯が最も高く130・9万円、注文住宅が116・5万円、分譲戸建住宅が116・7万円、中古戸建住宅が115・3万円、中古マンションが104・3万円と、いずれも100万円を上回って

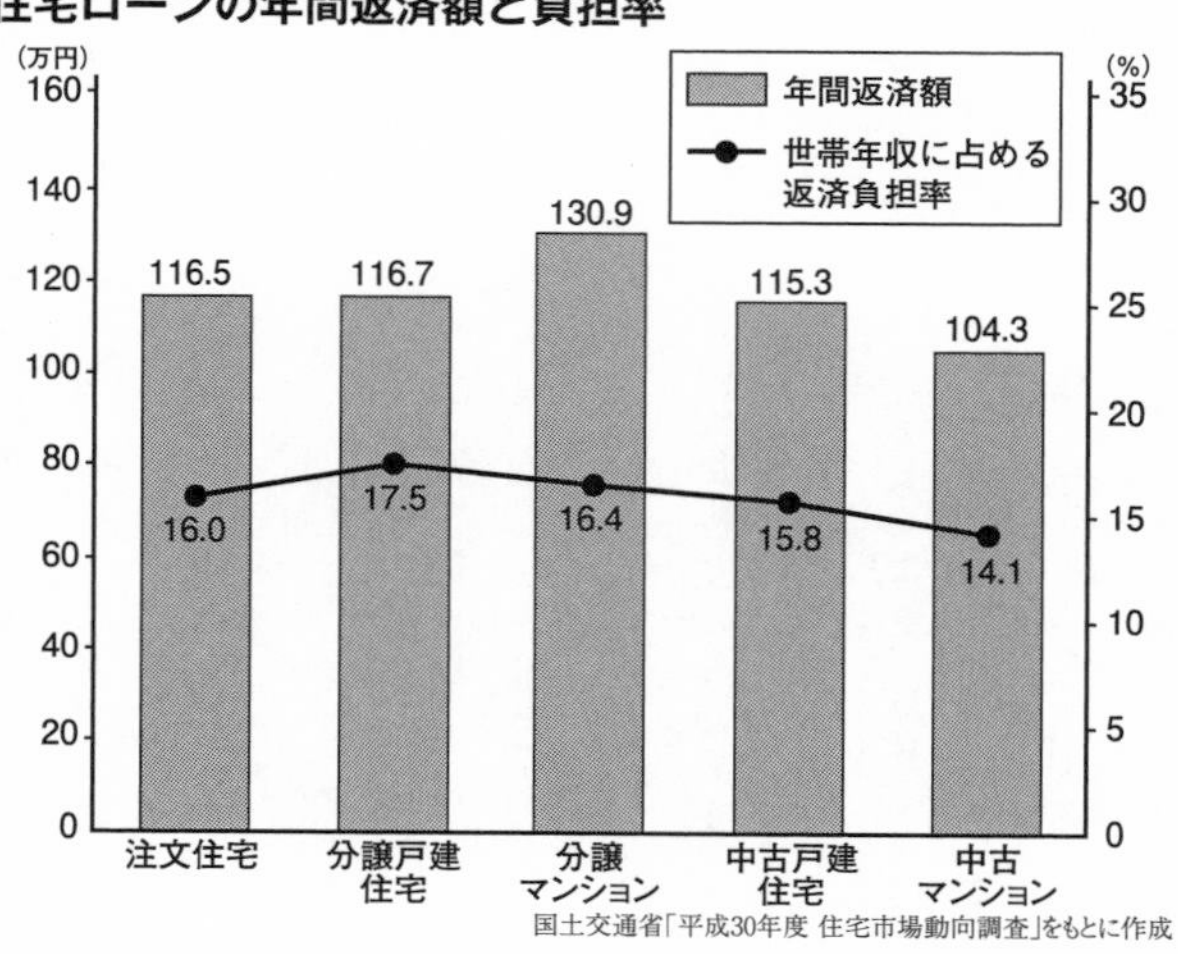

います（注文住宅は全国平均、その他住宅は三大都市圏での調査）。

この調査から、東京で２ＬＤＫ以上の間取りのマンションを借りることを思えば、ローンを組んでも購入した方が、月々の支払いは安くつくのが分かります。しかし、小中高は公立、塾も習いごともさせないのなら別ですが、子供にかかる費用、中でも学校外教育にまつわる費用は、年々増加していくものです。

言うまでもなく、住宅ローンの支払いは待ったナシ。最大三十五年もの間、契約書に書かれた通りの金額を支払う義務を負うのです。昇給があるにせよ、前述の調査によれば、世帯年収に占める住宅ローンの割合は、分譲戸建住宅で17・５％。最も低い中古マンションでも、14・１％を占めるとありますから、やはり、家計には重い負担であることに変わりありません。

子供が増えれば長く住める「ネスティング・ボックス」構想

してみると、都会で暮らしたい方々に、どうしたら子供を産んでもらえるのかと考えた時、重い負担となる住居と教育、この二つの問題を解決し、さらに子供を持つことによるインセンティブを提供するのが最も効果的ということになるでしょう。
問題を解決するには、同じ問題を抱えている人を、一つところに集めるのが最も早く、かつ効率的というのは、かねてからの私の持論です。

例えば、今回のコロナ禍でもそうなのですが、治療が必要と診断された感染者は各自治体が指定した病院に収容され、集中的に治療が施されました。感染力が強い上に、治療する側にも高度な感染防止策を講じる必要があったからですが、同一の病を持つ患者を集めた方が効率的、かつ集中的に治療できるのは新型コロナに限ったことではないはずです。

子育てについても同じことが言えると思うのです。

そして、それを可能にするのが、「ネスティング・ボックス」構想なのです。

ネスティング・ボックスは、英語で「巣箱」を意味します。

共働きの家庭において、託児施設や保育所の確保が困難であることは、かなり以前から問題視されてきました。長期間空きが出るのを待たなければならない上に、保育料の負担も強いられます。さらに日々の送迎が必要なことに加えて、保育時間にも制限があり、残業もままならないだけでなく、子供が体調を崩せば仕事を中断し、ただちに駆けつけなければなりません。

こうした問題に直面している家庭は数多く存在するはずですが、解決できない理由の一つには、子育てを行なっている家庭が広範囲に分散していることがあります。

住居から、あるいは最寄り駅から託児所までの距離も長短がある。買い物ひとつ取っても、住居からスーパーまでの距離も様々なら病院もまたしかりです。それぞれの動きに要する時間の積み重ねが、仕事や日常生活の制約となって、親の負担を大きくしているのではないでしょうか。

ならば、子育て家庭に特化した巨大集合住宅施設を公費で建設したらどうでしょう。敷地内には、病院もあれば小中学校もある。スーパーもあれば、学校外教育施設もある。さらに保育施設や託児所も完備し、レクリエーション施設も整備するのです。

おいおい大丈夫か、という声が聞こえてきそうですが、案外大丈夫かもしれません。

実は、マンションの建設費用は意外に安く、某大手デベロッパーに勤務されている方に聞いた話では、16階建てなら坪80万円もあれば十分なのだそうです。念のため、これは原価ではありません。建設会社の利益を入れても、この程度の費用で建設できるのです。

1棟の建設費は、約23億円。10棟で２３０億円。これなら、現在、支給されている児童手当とほぼ同額で、無料の子育て住宅が提供できます。

詳しく見てみましょう。

仮に1部屋60平方メートルとすると、約１４５０万円。減価償却を五十年の定額法で計算すると、一か月２万４０００円。ほぼ子供二人分の児童手当と同じになります。60平方メートルの２ＬＤＫならば、子供二人を育てるのに何とか事足りるでしょう。

入居者は児童手当の給付は受けられませんが、子供を複数人儲ければ、一番下の子供が中学を卒業するまで居住し続けることができるようにします。

つまり、二人、三人と子供を持てば、それだけ長く居住し続けられることになるのです。

さらに敷地内に託児所、保育所を開設し、乳幼児を持つ居住者の子育てケアに万全の体制を整えれば、出勤時に子供を預け、帰宅時にピックアップするのも、極めて短時間で済みます。敷地内には病院やスーパーもあれば、学校外教育の施設もある。特に保育と学校外教育では、そこで働く人材は、それらの分野で豊富な経験を持つシルバー人材を積極的に活用すれば、保育料や月謝も安く抑えることが可能になるでしょう。

築地市場跡地を少子化対策に活用せよ

こう言うと、「土地代を忘れちゃいませんか?」という声が出てくるでしょう。学校や学校外教育施設の整備費用、託児施設や病院の整備費用だって別勘定です。これだけの用地を大都市に確保しようものなら、大変な金額になります。しかし、第一章でも述べたように、少子化がいかに恐ろしいものであるか、それこそ日本という国の存亡に関わる大問題なのです。

確かに民間所有の土地を購入する予算を確保するのは困難です。ならば国や自治体が所有する土地を活用するしかありません。

中でも、私が着目している最適地は築地市場の跡地です。

敷地面積23万8３６平方メートル、実に7万坪の東京都所有の土地が、銀座の目と鼻の先にあり、その活用方法はいまだ決まってはいません。

商業施設とか、展示場を建設するとか、様々な案が出ているやに聞き及びますが、今さらそんなものを造ってどうするのでしょう。商業施設なんて、東京にはいくつもありますし、展示会場だって都内にいくつもあれば、近郊には幕張メッセだってある。

マンションをという声もあるようですが、超一等地に建つ物件を購入できるのは間違いなく富裕層。それも中高年が多数を占めることになるでしょう。

実際、『日経アーキテクチュア』（２０２０年3月26日号）が報じるところによると、オリンピックの選手村跡地に作られる「HARUMI FLAG」内に建設された施設を活用した分譲マンション「SEA VILLAGE」「PARK VILLAGE」計２３２３戸のうち、売り出された９４０戸の購入者の割合は、50代以上が35・２％、40代以上となると62・７％にもなるとあります。

40代が子供を儲けないとは言いませんが、絶対数は少ないはずですし、儲けたとしても一人がせいぜいでしょう。この６割以上の入居者は、家族構成が固まり、さらに平均を遥かに上回る所得があり、あるいは蓄財を持ち、交通の便がよく、繁華街へのアクセスが便利な物件に住もうという方々なのです。

もちろん、それが悪いと言っているのではありません。

大都市への人口集中が少子化に繋がり、家計に占める高額の固定費や、子育てをする環境の不整備が子供を持つに持てない理由であるのなら、それを解決するのは行政、ひいては国の責任なのです。

それを富裕層向けに超一等地を売却してマンションを建設したり、総合商業施設や公共施設を建てて終わりにするのはあまりにも芸がない。子育てをするのに理想的な環境を整え、経済的な負担を軽減することで、二人、三人と子供を持つ家庭が増えるなら、やってみる価値はあると思うのです。

少子化問題が取り沙汰されるようになって長い年月が経ちましたが、これまで打ち出してきた政策は、何一つとして効果がなかったのです。ということは、政策そのものが間違っていたことの証(あかし)ではありませんか。

だからこそ言うのですが、オリンピックの選手村をマンションとして分譲すると決まった時には、大変な失望を覚えたものです。少子化は深刻な問題だとこれだけ言われ続けてきたのに、政治家も役人も必死に知恵を絞っていないことがはっきりと分かったからです。

しかも、同用地を不動産デベロッパーに売却するにあたっては、何と公示地価の十分の一。東京ドーム三個分の広大な土地が、わずか129億6000万円という大安売りです。

オリンピックは世紀の大イベント。選手、関係者の宿泊施設を新たに設ける必要があると言うならば、この国の将来を担う世代が直面している問題の解決に繋げようという発想をどうして持てなかったのか。政治家も役人も、少子化や子育て問題に取り組んでいるフリをしているだけで、その実、何も考えてはいないとしか私には思えません。

東京近郊にもある「ネスティング・ボックス」用地

ネスティング・ボックスに適した用地は築地の跡地だけではありません。東京近郊には、住宅地を開発するつもりで確保したものの、計画が頓挫し、遊休地となっている政府系の広大な土地が幾つかあるのです。

例えば、千葉ニュータウンがそれです。

70年代のニュータウン開発計画の中で、造成に至ったところまではよかったものの、さあこれからという時に起こったのがオイルショック、そしてバブル崩壊です。

当初の計画では人口34万人を想定していたのが、結局、14万人止まり。東京までわずか40キロ。北総線を新設して交通機関も整備したものの、想定していた人口の半分を遥かに下回ってしまったのですからさあ大変。千葉ニュータウンから隣の小室（こむろ）の一区間の料金は309円（IC利用）、日本橋まで（36・0キロ）となると、何と1142円（IC利用）！横須賀線だと、ちょうど東京・横須賀間（65・3キロ）に相当する料金になってしまったのです。

かといって料金を値下げすれば、経営が維持できません。周辺環境に対する住民の満足度は高いとはいえ、料金がこれほど高額では、家族の中に首都圏の職場や学校に通う人がいる場合、積極的に住む気になれるわけがありません。

開発を手がけたのは、千葉県と旧住宅公団、現在のUR都市機構（都市再生機構）で、言うまでもなく原資の大半は税金です。

これだけの遊休地を何十年も眠らせておくのは、どう考えてももったいない。

もはやニュータウン事業のように、広大な住宅用地を開発し、分譲するといったビジネスモデルが成り立つ時代ではありません。バブル以前には、各地でニュータウンの開発事業が盛んに行なわれ、特にニューファミリー層と呼ばれる子供を持つ若い世代から絶大な人気を集めたものでしたが、数十年の歳月を経た今、子供は独立して他所（よそ）の地に住居を構えて離れてしまい、住人の大半が高齢者ばかりとなった街はたくさんあります。

賃貸団地にしても、計画当初は住み替えによる転出増とファミリー層の新たな転入が生じると考えられていたのが、ものの見事に読みが外れ、子世代の転出が進む一方で、親世代は住み続ける入居者が多く、空き室も増加する傾向にあります。分譲戸建てに至っては建物が老朽化し、売りに出してもなかなか買い手がつかず、空き家も増えています。

再開発をしようにも、住み続けている住人がいる限りは着手できません。かくして、かつてはブランドであったニュータウンも、すっかり魅力に乏しい街となってしまったところは、東京近郊にはたくさんあるのです。

その点、ネスティング・ボックスでは、下の子供が中学を終えた時点で退去しなければならないのです。まさに、住宅公団が計画当初に考えていた〝住み替えによる転出増とファミリー層の新たな転入〟が継続的に発生すれば、居住者もまた、その時に備えて浮いた賃貸費用を住宅購入費にすべく貯蓄することができるでしょう。

「そんなものを建てれば、アパートやマンション経営者が大打撃を被る。民業圧迫だ」とか、「公金を使ってそこまでする必要があるのか」とか、「同じ問題を抱えている国民は日本全国に存在する。都市圏だけの特権になってしまうじゃないか」といった声が上がるかもしれません。それ以前に、仮にネスティング・ボックスを設けたとしても、入居者の所得、生活観、価値観は千差万別です。集合住宅に住民間のトラブルは付きものですから、様々な問題が発生することは想像に難くありません。

しかし、都市部に住み、都市部で働くことを選択する若者が数多くいる限り、経済的負担と子育ての環境を劇的に改善しないことには、少子化問題を解決することはできません。

第一章でも述べましたが、人口減少は、文化、風習、言語、経済と、日本人が営々と受け継ぎ、築き上げてきた全てを失いかねない、極めて深刻な問題なのです。

非才の身には、この程度のことしか思いつきませんし、作家の妄想と失笑されるかもしれませんが、ならばより現実的、かつ効果的な策を、この機会に真剣に考えていただきたいのです。

本来ならば、策を提示し、実行するのは政治の務めですが、はっきり言って与野党を含め、現在の政治家には全く期待できません。野党はひたすら政権批判に執着し、与党の重鎮たちは日本の将来など知ったこっちゃない。「明日の飯より今日の飯だ」と言わんばかりに、長期的ビジョンに基づく政策を立案する議員は一人としていません。

官僚もまた同じですね。

合計特殊出生率が人口維持に必要な2・1を割り込んで長い歳月が経ち、少子化の先にどんな社会が持ち受けているか、分かっているはずなのに、前例に拘り、斬新な政策を打ち出してでも事態の打開に全力を尽くす姿勢は微塵も見られない。この間、根本的な打開策を打ち出すこともできず、ただ児童手当や保育所の数を増やす程度の政策でお茶を濁してきたのです。

繰り返しになりますが、少子化の果てに待ち構えているのは、日本の慣習や言語までもが消滅しかねない、国のあり方が根底から変容してしまう現実なのです。

我々の孫子の世代が安心して暮らせる国であるためには、国内のどこに住もうと安定した収入を得られ、家庭を持ち、子供を産み育てていける環境の整備が必要不可欠なのです。

いかにして第一子出産年齢を引き下げるか

もちろん、ネスティング・ボックスを設けただけでは、合計特殊出生率はそう簡単には向上しません。というのも、人口を維持するには、合計特殊出生率が2・1必要とされていますが、この数字をクリアしていたのは1975（昭和50）年までで、以来、ただの一度も超えることなく、一貫して減少し続けているからです。

しかも、厚生労働省の人口動態統計によると、1975年の女性の平均初婚年齢は24・7歳、第一子出産年齢は、25・7歳。それが四十年余を経た今では、女性の平均初婚年齢は2018（平成30）年で29・4歳です。同時に第一子出産年齢は30・7歳と、五年も遅くなっているのです。

平均初婚年齢と第一子出産年齢の推移

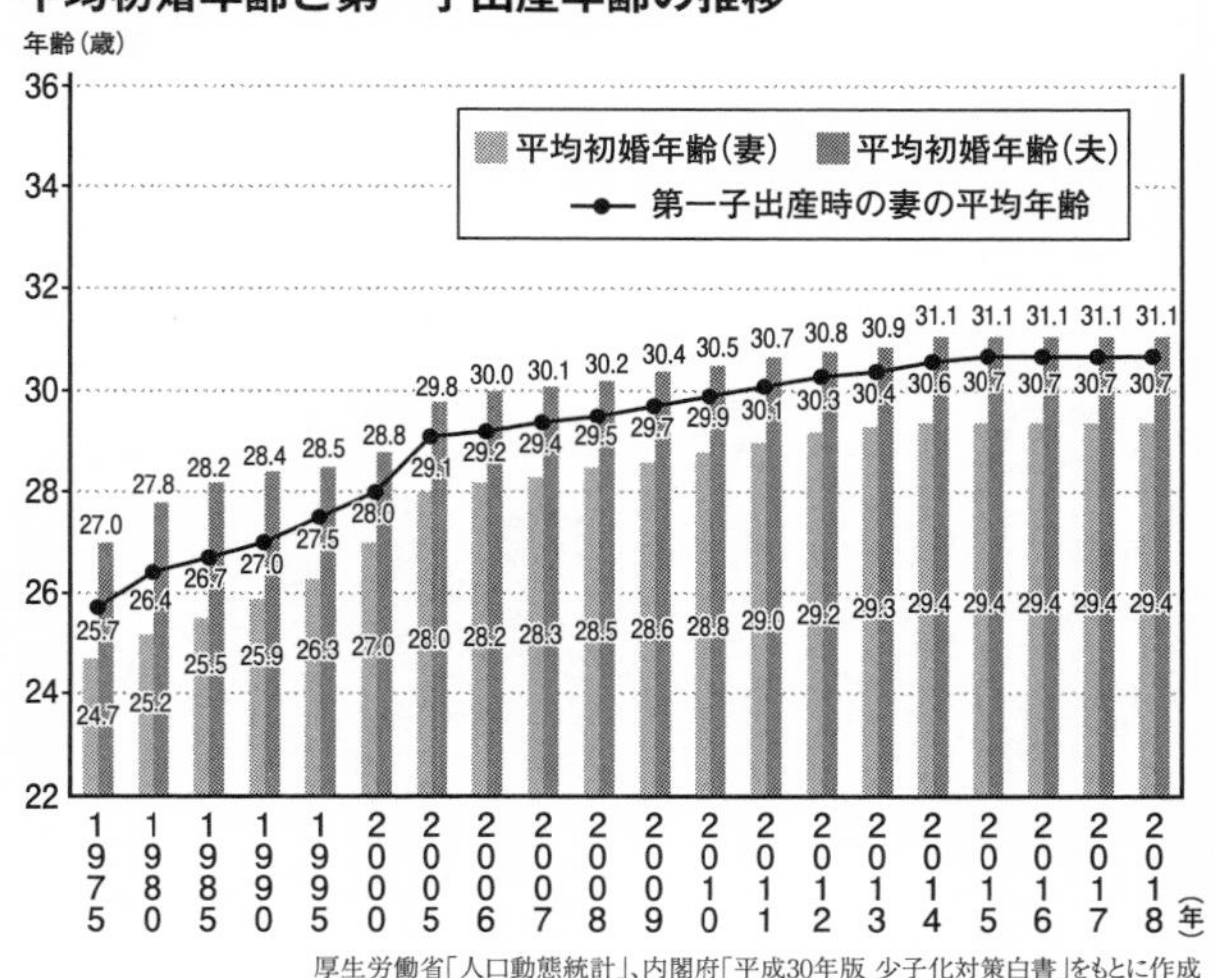

厚生労働省「人口動態統計」、内閣府「平成30年版 少子化対策白書」をもとに作成

批判覚悟で言いますが、平均寿命が延びるに従って、外見、健康状態と老いる速度はずっと緩やかになっているにもかかわらず、女性の出産適齢期は全く変わっていないのです。具体的な参考資料を記すと引用先に迷惑がかかるかもしれませんので敢えて伏せますが、とある産婦人科医によれば、「平均寿命が延びても、閉経の年齢は延びてはいません。生殖年齢＝出産適齢期を延ばすことは、ドクターにも現代の医学にも越えられない壁」だと言います。

菅義偉（すがよしひで）内閣の発足と同時に不妊治療への保険適用を検討する方針が公表されましたが、不妊治療を受けている方が増加しているのは事実のようで、厚生労働省の推計では、2003（平成15）年時点で約47万人。さらに、これも敢えて名前を伏せますが、とある大学医学部教授の言によれば、「その9割は、十年早く子供を作ろうとしていれば、自然に妊娠できていたのではないか」とのことです。

出産は強制されるものではありませんし、人生観も人によって様々です。仕事に生きると決めた方もいれば、子供なんかいらないという方も数多くいるでしょう。そもそも、不妊は女性に問題があるとは限らないことも重々承知しています。

しかし、推計とはいえ、47万人もの人が子供を持ちたいと願い、その9割があと十年早ければ、治療を受けずとも子供を持てた可能性があったと、その分野の権威が述べているのは事実なのです。

もちろん、現在の給与水準、雇用環境、生活環境からすれば、20代前半から半ばで子供を産み育てるのは決して楽ではないのが今の日本社会です。

だからこそ、ネスティング・ボックスを設け、子育てを支援する体制を整え、社会が一丸となって若くして子供を持てる環境を整えるべきだと思うのです。

MOOCで産休・育児休暇中の女性に資格取得のチャンスを

もっとも、若くして子供を産めば、入社間もなくして産休、育児休暇を取得することになるでしょうから、特に仕事をしたいと願う女性は、大きなハンデを負うと感ずるでしょう。

それも、ネスティング・ボックスを活用すれば、子育ては現在よりも遥かに楽になるはずです。

さらに、産休期間中、あるいは育児休暇中を利用して、新たな知識や資格を得られる環境を整えれば職場復帰後、あるいは育児に目処がついた時点で、職を求めるにあたっての大きな武器となる可能性も出てきます。

それを可能にするのが、MOOC（ムーク）（Massive Open Online Course）です。

MOOCとは、ネットを介して誰もが無料で受講できる公開講座のことで、欧米ではハーバード、プリンストン、イエール、スタンフォードといった大学が、日本でも東大のほか、東北大、慶應、早稲田、明治、立教、上智等々、数多くの大学が講座を設け、条件を満たせば修了証が取得できるのですが、このMOOCを今以上に拡大、内容を充実させたらどうでしょう。

もちろん、MOOCでの成果を武器に、子育てを終えた女性が職を求めるにあたっては、企業が長く続けてきた正社員の採用方針を改める必要がありますが、方針が変わる可能性は十分にあるでしょう。

というのも、新卒一辺倒では、優秀な人材を確保するのが難しいことに、ようやく日本企業も気がついたと見えて、最近では、通年採用を行なう企業が増える傾向にあるからです。

さてそうなると、優秀な人材とはどんな人を指すのか。

これまで、そして現在も、多くの企業が高学歴者、すなわち受験時の高偏差値に重点を置いて新入社員を採用してきました。確かに、難関校の試験を突破するために、大半の学生は長い受験準備に時間を費やし、不断の努力と忍耐をもって合格を勝ち得たのですから、その一点を取っても評価すべきものがあるのは確かです。しかし、人間の能力、特に仕事に要求される能力は、それだけではないはずです。

マイクロソフトの共同創立者、ビル・ゲイツ氏、フェイスブックの創立者、マーク・ザッカーバーグ氏は共にハーバード大学中退ですし、アップルの共同創立者、スティーブ・ジョブズ氏もまた、リード大学中退です。日本でも大学を出ずとも、一代にして大企業を築き上げた経営者はたくさんいます。

常人の頭をもってしては、到底思いつかないような発想を持っている人間がどこに潜んでいないとも限りません。そうした逸材に出会うのは奇跡かもしれませんが、子育てをしながら、日常生活を送るうちに、社会が抱えている問題点や、新製品のアイデア、あるいは改良点、企業が求めているアイデアの一つや二つ、思いついている方も少なからずいるでしょう。

しかも、子育てをしながら、MOOCを活用して修了証や資格を取得したとなれば、その一点だけを取っても評価に値する人材だと企業側には映るはずです。

不妊治療を受けている方の中には、仕事に生きるつもりが、妊娠可能年齢の限界近くになって、子供が欲しくなったという人も少なからずいるはずです。

もし、若くして産み、子育てに目処がついた時点でも企業で仕事を得、キャリアを積む門戸が開かれているとなれば、人生の送り方の選択肢も増えるはずですし、私も40歳を超えて子供を持ったので、つくづく思うのですが、中年になってからの子育ては、肉体的にも経済的にも本当に大変です。同年代の友人はとうの昔に子供は独立し、孫まで複数人いるにもかかわらず、我が家の場合はまだ高校生です。

前述したような仕組みができた結果、安心して子供が持て、少子化問題が改善されるのなら、人生の送り方に選択肢が増えるのなら、官民、そして社会が一丸となって真剣に考えてみる価値があると思うのですが、どうでしょう？

リストラや倒産に備えた社員の再教育

第二章の「産学協同で再教育の場を」で、将来、あるいは新産業分野に必要とされる知識や技術を教育する場を設ける必要性を述べましたが、これもMOOCを用いれば十分可能でしょう。

MOOCは時間と場所を選びませんが、企業は社員を選別します。

例えば、従業員を削減するにあたっては、何かしらのインセンティブを付け、希望退職者を募るのが一般的ですが、残ってほしい人間と、辞めてほしい人間との選別が事前に行なわれるのが常です。

もっとも、インセンティブを貰って、真っ先に辞めて行くのは、企業にとって残ってほしい人間です。当たり前ですよね、高評価を受けている人間は、「できる」社員なわけで、そうした人材は、どこの会社だって欲しいに決まっています。もっとも、転職した先で、それまで通りに活躍できるかどうかは別の話。業界が違うと、厳しい現実に直面しかねないのは前述しましたが、そうした悲劇を未然に防ぐためにも、再教育の場を設け、知識や技術を常にアップデートし、まさかの事態に備えておく必要があるのです。

最新の国際情勢や技術動向、将来有望とされるビジネス。あるいはそこで必要とされる知識や技術を学び、講座の修了証、あるいは資格を取得する。将来、独立を考えているビジネスパーソンにも、経営者として必要なスキルやマネージメント手法等々、学んでおいて損はない知識、取得しておいて損はない資格はたくさんあるはずです。

今回のコロナ禍をきっかけに、テレワークを導入する企業は増加していますから、通勤時間や業務終了後の飲み会等、これまで当たり前に費やしてきた時間が激減した方も少なからずいるはずです。そうした時間をMOOCで学ぶ時間に充てるのです。

MOOCは教室を必要としませんが、学校側は仕組みを整えることはもちろん、仕事の量が増えることは避けられません。それに、今後MOOCにおいて単位や資格、あるいは学位を与えるとなれば、レポートの提出を求めたり、厳正な試験を課さねばなりませんから、無料というわけにはいかないでしょう。しかも、オンライン講座という性質上、教員は大変な労力を強いられることになるでしょう。

しかし、これから先、少子化の影響で学生の絶対数が減っていくことは避けられないのです。学校の存続、教師、従業員の雇用を護るために、生徒数の確保は最重要課題となるはずです。

そして、単位や学位を与えれば、信頼に足りるものかどうかは、受講者の仕事ぶりに必ず現れますから、企業側の厳しい評価に晒されることになるのでしょう。乱発しようものなら、信頼性は失墜。受講者が集まらなくなってしまうことにもなりかねません。そこで、活用するのがポストドクターです。

ポストドクター、いわゆる「ポスドク」は、大学院の博士課程を修了した後、大学や研究機関で任期付きの職に就いている研究員のことです。

欧米の場合、正規の職に就くまでに、2、3の大学や研究機関で研修を積み、大学や研究機関の正規職員、あるいは民間企業の研究員になるのが一般的なキャリアパスです。

ところが日本の場合は、主な就職先となる大学や研究機関のポストが増えず、民間企業も採用に消極的で、就職できないでいる博士課程修了者が数多くいるのです。結果、博士課程を修了した優秀な人材が、不安定な身分のまま、さまよい続けることになっているのです。

かかる実態が放置されたままになれば、博士課程を目指す人間が、減少するのは明らかです。いや、既にその傾向は顕著に表われているのですが、研究者の減少は、日本の学術界、産業界にとっても大問題のはず。収入の目処が立たない職業に、人は集まりません。最終的に成績を付けるのは授業を担当する教員だとしても、ポスドクにＭＯＯＣ受講生の基礎評価を任せれば報酬も発生しますし、いずれＭＯＯＣ、あるいは大学の教員としての道が開ける可能性も出てくるでしょう。

学部生は前期・後期の授業の中で、レポートの提出を求められ、試験を課され、通年の成績によって評価され、進級、卒業が決まりますが、ＭＯＯＣではコース修了までの期間を設ける必要はありません。早く修了証を得て、他のカリキュラムの勉強を始めることも可能です。とにかく最新の知識や技術を体系的に学び、一定レベルの水準に達していることが証明できれば、転職にあたっては、大きなセールスポイントになるでしょうし、採用する側にとっても本人の能力を測る有益な資料となるでしょう。

そして、有料となった場合には、受講料の一定額を企業が負担するのです。それに際しては、学校と企業が、授業料の包括契約を結んでもいいでしょう。

これは、学校側にも大きなメリットがあるはずです。学校、特に私立学校の授業料が高額なのは、施設の維持費、人件費といった固定費等の運営費を、基本的に在学生の授業料で賄わなければならないからです。

その点、ＭＯＯＣは全く異なります。授業は録画ですから、必要となるのはスタジオと配信機材程度。教員も授業の度に学校に出勤する必要はありません。学校側の投資は最小限で済むだけでなく、教室のキャパシティという制限がなくなって、今まで以上の学生を集めることも可能になるのです。

新技術の出現によって、あって当たり前だった事業が、あっという間に駆逐されてしまう。そんな状況に直面する企業は、今後も続出するのは間違いありません。

ならば、その時に備え、従業員の転職が少しでもスムーズに運び、将来の展望が開ける道を用意してやるのが経営者の務めというものなら、ビジネスパーソン個々人にしてもまた同じ。いつ、今の仕事がなくなっても不思議ではない時代に生きているのです。常に自己研鑽（けんさん）に励み、武器を身につけておくべきなのです。

第四章

新型コロナウイルスで一変した日本社会

コロナ禍で露呈した一極集中社会の脆さ

２０１９（令和元）年末、中国の武漢で発生した新型コロナウイルスは、瞬く間に世界中に広がり、現在（２０２０年10月）に至っても終息の兆しが見えません。

飲食、宿泊、旅行、交通等々、多くの産業が甚大な影響を受け、世界経済は危機的状況にあります。

日本は爆発的な感染拡大には至らずに済んでいるものの、いまだ一定数の感染者が出続け、社会は自粛ムード一色です。この状態が続けば、飲食業や観光業、交通産業を中心に倒産が続出し、生活困窮者が数多く出てくるでしょう。

危機や悲劇は、その後の人間の生き方に教訓を残すものです。

今回のコロナ危機で露わになったものの一つに、人口や機能が一極に集中した社会が、いかに危険で脆弱であるかということがあります。

日本は総人口の約10％もが東京に集中しています。

大中小、膨大な数の企業が拠点を置き、政治、官庁、金融、メディア、芸能は言うに及ばず、あらゆる分野が東京を中心に回っています。そして、そこに発生する雇用が地方在住者、特に若者を吸い上げてきたのです。

確かに東京は魅力的な都市です。交通インフラは整備されているし、仕事だけではなく、娯楽施設や文化の面でも充実した環境が整ってもいれば、これだけの人口がありながら清潔で安全が保たれてもいる。世界のどこを見ても、東京ほどの条件が整っている都市はありません。いや、唯一無二の都市であると断言してもいいでしょう。

しかし、それも平時であればこその話です。

目に見えないウイルスの感染が拡大し始めた途端、まず最初に危機が叫ばれたのが医療機関の対処能力です。

医療大国を自任し、実際、世界に類を見ないほど充実した保険医療制度を整えていたはずなのに、ICU（集中治療室）、隔離病棟、人工呼吸器、ECMO（エクモ）（体外式膜型人工肺）を扱える医療者の数が絶対的に不足している。PCR（ポリメラーゼ連鎖反応）の検査機能が追いつかない。想定外の事態への備えが何らなされていないことが明らかになってしまったのです。

もっとも、今回のコロナ危機ほどのパンデミックはスペイン風邪以来のことですから、およそ百年ぶりのこと。ビジネスの世界でも、いつ訪れるか分からないピークに対応できるよう、施設や機材、機能、人員に、常に余裕を持たせておく企業はありません。まして1400万人もの人口を抱える東京で、いつ起こるか分からないパンデミックに備えて万全の医療体制を整えようものなら、莫大な設置費用を要する上に、継続的に維持費が発生します。過剰設備、経費の無駄使いという批判が噴出するに決まっていますから、それこそ「言うは易く行なうは難し」というものでしょう。

それは地方でも同じことが言えるのですが、有事に際して限られた設備、人員をいかにして有効に活用するかについてのマニュアルを整えていなかったどころか、日本での感染拡大が見られるまでに、中国や韓国よりも時間的余裕があったにもかかわらず、ついぞ対処策を講じてこなかったのは、あまりにもお粗末に過ぎます。

この点は大いに反省すべきで、今後の教訓としなければなりませんが、それ以前に学ばねばならないことは、感染を防止する上で最も重要なのは、いかにしてウイルスに感染しないかであり、その手段は個人の努力以外にないということです。

今回の危機に際して、国や行政機関から「3密（密閉空間、密集場所、密接場面）」を避けるよう、再三要請がありました。

感染者と接触さえしなければ、感染が拡大することはありません。二週間、3密を避ければ、早期のうちに収束したはずなのです。

もちろん、これも「言うは易く行なうは難し」というもので、東京のような大都市に居住していれば、食料や日用品の買い出し等、外出を控え、外部との接触を完全に遮断して生活するのは不可能です。政府や行政が要求した80％の接触を断つことすら容易ではありません。

さらに、都市部に人口が集中する最大の要因は職を求めてのことですから、会社が休業に踏み切らない限り、出社を強いられることになります。

職場が機能停止に陥れば、収益は得られません。その一方で、オフィスの賃料、人件費等の固定費は何もしなくとも発生します。

緊急事態が宣言されて以降も、電車に乗って職場に通勤するビジネスパーソンの姿が連日報道されました。大都市の企業は、いわゆるオフィス街と呼ばれる地域に集中していますから、週一回の出社としても通勤者を劇的に減らすことはできません。

業績が低下すれば収入が減る。倒産しようものなら路頭に迷う。まして、状況が状況です。事態が長引けば倒産する会社が続出し、新たな職場を探す人で溢れかえる。再就職も極めて困難になる。かくして生活を維持するために、命がけで職場に向かわざるを得ない。

しかし、こんな思いを抱いた人が少なからずいたのではないでしょうか。

「誰が好き好んで、こんな時に会社になんか行きたいもんか……」

平時に比べれば、通勤時の混雑が緩和されたのは事実です。出張者や旅行者も格段に減り、新幹線の利用客はかつてないほど激減しました。大企業やＩＴ技術を駆使する会社はテレワークを取り入れ、さらにデパートや商店が営業自粛に踏み切ったこともあって、繁華街から人が消え失せました。

さて、そうなるとたちまち窮地に立たされたのが個人店の経営者です。

人出の減少は、客が減るのと同じこと。人通りと客の入りは別とは言うものの、人が集う場所に商機があるのは事実です。結果的に、そうした場所の家賃はもれなく高額。平時であれば、繁盛するか否かは、それこそ経営者の才覚次第で、評判になれば、人通りが多い分だけ、より多くの客の入りが見込めるわけですが、今回のような想定外の事態が起きてしまうと、地域全体の活動が一斉に停まり、好立地であるがゆえの高額な家賃や人件費が、店に重い負担となってのしかかってくることになったのです。

東京は素晴らしい街です。札幌、名古屋、大阪、福岡もそうです。そうした基幹都市に人口が集中するのは、とてもよく分かりますし、実際、私だって東京に長く住み、その恩恵に与（あずか）っている者の一人です。

しかし、人口や機能の一極集中は、一旦危機に見舞われると、とてつもない悲劇を生むものです。今回のコロナ禍にあっては、主に経済活動に被害は集中していますが、日本は天災大国です。中でも、最も恐ろしいのは地震です。東南海、関東大震災、首都直下型と、幾つもの震災の襲来がいつ起きても不思議ではないとされていることを思えば、大都市に集中する人口、機能の地方への分散は、真剣に考えるべき急務の課題と言えるでしょう。

地方の方が東京より災害に強い!?

その点、地方は違います。

そのことを実感したのは、東日本大震災の時のことでした。

私は岩手県生まれで、実家には90歳を迎える母親が元気で暮らしています。しかも一人で、です。

3・11の大地震が発生したあの日、実家の震度は7。築四十年にもなる古い家ですから、てっきり倒壊、母親ももしや……と、とてつもない恐怖と不安を覚えたものでした。

地震発生直後から、携帯電話は不通となり、メールも駄目。交通網も途絶し、情報はテレビの報道に頼るだけ。やがて東北地方各地からの中継画像が画面に映し出されるようになったのですが、それから程なくして襲ってきたのが、あの大津波です。

波に飲み込まれる街、車、そして人……。初めて目にする大惨事に、声も出ません。ただただ恐怖に震え、そして凍りつき、母親や親族の安否に不安は募るばかりでした。

ようやく連絡が取れたのは、地震発生から四日ほど後のことでした。

案に反して母親は至って元気で「家具は飛び回るし、食器は全て割れているわで家の中は滅茶苦茶だけど、家はびくともしていないし、生活に困ることはない。ただ、停電しているのが不便」と言うのです。

はて、生活には困らない？　被災地は大変なことになっていると連日報道されているが……？

聞けば、確かに沿岸部は想像を絶するほどの惨状で、大変な死者、負傷者が出ているようだし、家を失った方も大勢いる。しかし、内陸部はそうではない。近所でも、軽微な被害を受けた家屋はあるが、倒壊は皆無。今は避難所に入っているものの、食料も豊富にあるし、暖を取るのにも困ってはいないとまで言うのには驚きました。

母の話をまとめると、こういうことになるのです。

現在は専業とまでは言えないまでも、もともと農家だった家が多く、米や味噌は自前のものがあるし、野菜も保存しているものが大量にある。それに、近辺には大きな養鶏場や食用の鶏の飼育場がある。鶏は毎日卵を産むが、物流が完全に停まって、出荷できない。だから避難所には卵は大量に持ち込まれるし、停電で冷蔵庫が使えないので、肉などの食品もまた同じ。農家の納屋には使われなくなった竈(かまど)や鍋、暖を取る道具も保管されている。山に入れば薪はあるし、井戸を持っている家も多いので水にも困らない。避難所にいる住人が共同で自炊しながら、停電が回復する時を待っている。

ダメージの度合いに多少の違いはあれ、あれだけの巨大地震に見舞われたにもかかわらず、倒壊に至らなかった家屋の方が圧倒的に多かったことは後に分かった事実です。沿岸部を襲った巨大津波さえなければ、被害は格段に小さく、避難所暮らしを強いられる住民もわずかであったはずです。

津波さえなければ……と、起きてしまったことを嘆いても仕方がないのですが、それ以上に悔やまれてならないのは巨大地震、特に海底で発生した地震には津波が来ることを分かっていたはずの沿岸部の住人が、なぜ即座に高台に避難しなかったのかということです。

地震発生直後から、東北の沿岸部には津波警報が発令されました。もっとも、被災地は停電に見舞われていた地域が大半でしたから、少なくともテレビから情報を得ることができなかったでしょうし、気象庁が発した津波の予想規模がそれほど大きなものではなかったということにも原因があるでしょう。

ですが、東北沿岸部、リアス式海岸を持つ岩手県や宮城県では、過去に何度も大津波に見舞われた歴史があります。

事実、私は幼少期から何度も沿岸部を訪ね、その地で暮らす人たちから津波の恐ろしさ、特に1968（昭和43）年に発生した十勝沖地震（三陸沖北部地震）の時の光景を繰り返し聞かされたものでした。

ですから、津波が押し寄せる光景をリアルタイムで報じるテレビ画面に、港湾部を走る乗用車や、海岸近くの道路に連なる車列が映し出された時には、驚愕（きょうがく）したなんてものではありません。

あれほど津波の恐ろしさを熟知していたはずの人たちが、何でここにいるの？　と、信じがたい思いを抱いたものでした。

十勝沖地震から約四十年もの間、平穏無事で暮らしてきたのですから、危機意識に欠けていたのか。それに加えて、前述したように、大地震に見舞われた割には家屋のダメージが大きくなかったこともあって、油断したのかもしれません。

日本は地震大国ですし、近年では異常気象にともなう大洪水も頻発していますが、もし、基幹都市が大震災等の災害に見舞われたらどんなことになるか。

言うまでもなく、東京をはじめとする大都市は、食料、日用品、医薬品等の生活必需品を自力で調達する機能は持っていません。あらゆる物資の生産拠点は地方、あるいは海外です。

交通インフラが途絶してしまえば、物流は停止します。停電すれば電化製品はもちろん、携帯電話やパソコンも使用不能になってしまいます。断水すれば調理もできない。風呂にも入れなければ、顔や手を洗うこともできません。

その時、どうやって食料を得るのか。夏ならば、どうやって涼を取るのか。冬ならば、どうやって暖を取るのか。

国や自治体が素早く動き、支援体制を整えてくれるでしょうか。

そんなことは全く期待できないどころか、不可能です。仮に被害がある程度の規模に収まったとしても、災害発生直後からスーパーやコンビニには人が殺到し、店頭からはあらゆる商品が瞬時にして消え失せるでしょう。東日本大震災の時だってそうでしたし、今回のコロナ禍でも同じ光景が繰り広げられました。

交通網が断たれてしまえば、物資を補充することはできません。炊き出しをといっても、肝心の食料が届かないのでは、それも不可能。災害時に備え、行政が備蓄している非常食で凌ぐしかないのですが、それだって何日もつかは分かりません。暑さにうだり、あるいは寒さに震え、空腹を我慢しながらひたすら支援体制が整うのを待つしかない。大半の住人が、塗炭の苦しみに耐えなければならなくなるでしょう。

こうした暮らしに耐えられるだけの人がどれほどいるでしょうか。快適、かつ文化的な暮らしを享受してきた都会人が、代償を払うことになるのはその時です。

3密を避けよと言われても困難なのは、それだけ人がいる、つまり人口が集中しているからに他なりません。大都市で暮らす限り、一旦大災害や強力な感染症に見舞われれば、地域住民の全員がもれなく同じ窮地に立たされることを覚悟しなければなりません。

快適かつ文化的な生活が、どうやって成り立っているのか。常に潜在している危機を、今回のコロナ禍で気づかれた方も少なからずいるはずです。

総務省が2020（令和2）年8月27日に公表した7月の人口移動報告によれば、東京圏（埼玉、千葉、東京、神奈川）から他の道府県への転出は転入を1459人上回ったとありますが、こうした動きが見え始めたのも、コロナ禍を機に芽生えた危機意識の表われと言えるでしょう。

「季節ごとに居住地を変えながら仕事」というライフスタイル

コロナウイルスの感染拡大防止策の一環として、社員の通勤時の感染リスクを回避するために、テレワークを用いた会社が少なからずありましたが、これが定着すれば、大都市から地方への人口拡散に拍車がかかる可能性は十分にあります。

緊急事態が宣言されて一か月。２０２０（令和２）年４月30日、Uniposが全国でテレワークを実施している上場企業の管理職３３３名と20歳以上の正社員（一般社員）５５３名を対象として、「テレワーク長期化に伴う組織課題」に関する意識調査を公開しました。

まず、一般社員に対して「チームの生産性はテレワーク開始前と比較してどのように変化したか」と質問したところ、「とても低くなった」「やや低くなった」と回答した人の割合は合計で44・６％。「とても高くなった」「やや高くなった」と回答した合計が７・６％。

管理職になると、前者の割合が38・７％、後者が９・６％と、双方共にネガティブな反応を示す人が圧倒的多数です。

しかし、興味深いのは、管理職と一般社員の双方に対して行なわれた「新型コロナウイルス感染症が収束した後も、会社にテレワーク推進を望むか」という質問に対する回答です。
「とても望む」「やや望む」と回答した人は、管理職56・1％、一般社員41・0％。「全く望まない」「あまり望まない」と回答した管理職14・1％、一般社員21・9％を共に大きく上回る結果になったのです。つまり管理職、一般社員の双方が、テレワークという業務形態を否定するどころか、むしろ肯定的に捉えているのです。

相矛盾する結果となったのは、おそらく十分な準備をする時間がなく、突然、テレワークで仕事を行なうことを強いられるようになったからでしょう。

これは実に興味深い傾向で、ＩＴ技術が進歩し、通信網が整備され、高機能ツールが続々と誕生しても、毎日会社に通勤し、同僚と机を並べて職務をこなし、仕事を終えれば帰宅の途につく。それが会社員の働き方だと、大半の人たちが何の疑問も持たずにきたことの証左と言えるでしょう。

実際、ＩＴ企業の中には、コロナウイルス感染症が出現するだいぶ前から、全社的にテレワークを標準としてきた会社も少なからず存在します。

従業員は数百名。本社を東京に置いていても、オフィス自体は極めて小さく、そこで働く従業員はごくわずか。社員の大半は日本各地に分散して居住し、それも北海道から沖縄までと広範囲。

それで会社の業務が滞るかといえば、そんなことはありません。今の技術を駆使すれば、画面を介するか、面と向かって話をするかの違い程度でしかありません。強いて難点を問えば、「同僚と頻繁に飲むことができないこと」という答えが返ってきたのには、思わず笑ってしまいましたが、電話で直接会話するよりも、メールで済ませる人が多くなっていることを考えれば、テレワークが新しい仕事のあり方として定着する可能性は大いにあります。

経営的な見地からも、テレワークには労使共に大きなメリットがあります。

経営サイドに生ずる最大のメリットは、何といっても、オフィスの賃借料を極限まで削減することができる点にあります。それどころか、ゼロにすることも十分可能でしょう。

自社ビルを持つ大企業はたくさんありますが、賃貸という企業も数多くあります。地方に本社を置く企業ともなると、東京はもちろん、地方都市の支社、営業所も賃貸という企業が大半です。

都心の一等地にある高級オフィスビルに入居している企業はもれなく賃貸ですし、外資系ともなると、圧倒的多数が賃貸で、自社ビルを持つ企業はわずかです。

都心の一等地の賃貸料は極めて高額で、私がサラリーマンをしていた二十五年前でさえ坪数万円（企業規模によって差があるはずなので、あえてビル名と金額は伏せます）、それも何フロアーと借りるのですから、相当な金額になります。

加えて什器備品、社員の通勤費、企業によっては社員食堂の運営費、駐車場等々、社員が一堂に会して働く環境を整えるだけで毎月、毎年、会社が存続する限り、莫大な固定費が発生するのです。

それが、テレワークを全面的に導入すれば、極限まで削減できる上に、人員増、人員減にも即座に対応できる。それもコストをほとんどかけることなくとなれば、テレワークに魅力を感じない経営者は、まずいないはずです。

当たり前のことですが、固定費は少ないに越したことはありません。

一般家庭に置き換えてみましょう。

人間、成功を収め、大金を手にすると、豪邸や別荘、高級車等を購入しまくる傾向がありますが、順調に収入があるうちはいいのです。何かの拍子で収入が落ち始めると、順調だった頃には気にならなかった固定費が重くのしかかってくるものです。一等地に家を構えれば、毎年高額な固定資産税を支払わなければなりません。別荘も同じで、それに加えて維持費もかかる。自動車だって自動車税にメンテナンス料が発生するし、複数のゴルフ会員権を持とうものなら、毎年年会費がかかります。収入に合わせて出費を抑えようにも、固定費は待ったなし。身の丈にあった暮らしを送ることが、困難になってしまうのです。

会社だって同じです。オフィスを構えることによって発生する固定費を削減できれば、そこで浮いたおカネを事業発展の資金、あるいは従業員の報酬に回すことだってできるのです。

さらに、最大のメリットは、今回のような突発的な事態が発生した場合のリスクヘッジになるという点にあるでしょう。

例えば、東京が大震災に見舞われたとしましょうか。

交通機関が遮断され、オフィスも倒壊とはいかずとも、中はしっちゃかめっちゃかで業務再開までどれほど時間を要するか分からない。これも機能を集約することのリスクの一つですが、テレワークが標準という企業は違います。本社の機能が停止しても、全国に従業員が分散していれば、被害を受けなかった、あるいは軽微で済んだ地域に居住する社員が、継続して業務を行なうことが可能になります。

そして、社員側のメリットは、通勤に費やす時間と労力から解放されるというのがまず一点。居住地域に制限がなければ、沖縄であろうと、北海道であろうと、その人の嗜好やライフスタイルに合った場所に生活の拠点を置くことが可能になります。

故郷で暮らすもよし。マリンスポーツが趣味なら沖縄。スキーやスノボなら北海道や長野。畑仕事をしたいなら、休耕地は日本全国にたくさんあります。

その時々の嗜好に合わせて居住地を変えることだってできるでしょう。

そして、地方に住む最大の魅力は、東京のような大都市に比べれば、生活費が格段に安くつくということにあります。

地方で東京並みの収入が得られれば、おカネの価値は格段に上がります。まして、ネット通販でほとんどの物が購入可能な時代です。買い物だって、居ながらにして手に入るのですから、東京にいるのと遜色ない生活が送れる環境は既に整っているのです。

当然ながら、同僚と毎日顔を合わせることはできません。頻繁に飲みに行くこともできません。それでも、会社勤めをしていれば、月に一度、あるいは年に数回、会議や出張で本社に出向くこともあるでしょう。本社も置かないというのであれば、貸し会議室を都度借りるもよし、飲み会にしたって、年に一度、あるいは複数回、どこぞの温泉宿で一同が集い、宴会を開催するなんてのも楽しいかもしれませんね。

最近の若い世代は飲み会、特に上司との酒席を嫌うそうですから、ごくたまに実際に顔を合わせる程度の方が、むしろいいのかもしれません。その点も好都合ですね。

もちろん、テレワークに否定的な声が、少なからず上がっていることは知っています。ですが、自分が慣れ親しんできた環境が一変してしまう状況に直面すると、否定的な声を上げるのは人間、そして組織の常です。

オフィスが移転すると聞けば、通勤が不便になると言い、パーティションが設置されると聞けば、部下の管理ができないと言う。パソコンのOSだってそうですね。新バージョンをダウンロードすることを強いられると、使い勝手が悪くなった、前のバージョンの方が良かったという声が必ず上がるものです。

しかし、そんな声は時間の経過と共に消え去ってしまう。文句を言いながらも、これでやるしかないのだとなると、環境に慣れるにつれ、それが当たり前になってしまうのです。

テレワークも同じだと思います。「コミュニケーションが取りづらい」「相手の表情の微妙な変化を察知するのが難しい」「部下を管理できない」。

家庭が職場になることに関しては、「プライベートと仕事のめりはりがつかない」「子供が煩(うるさ)くてかなわない」とか、主婦の間からは「旦那が日がな一日家にいると、三度の食事を支度しなければならない」、共稼ぎだと「家庭内にめいめいの仕事場所がない」とか、様々な声が上がっています。

しかし、そうした声が上がるのも、テレワークを初めて経験するからではないでしょうか。家にいるのが日常となれば、時が経つにつれそれが当たり前となり、家庭内に双方の仕事場を設けられないならば、解決する術(すべ)に知恵を絞るようにもなるでしょう。

まして、需要はビジネスチャンスの到来でもあるのです。テレワークを導入する、あるいは導入を考える企業が相次げば、問題点を解消し、快適な環境を整えようと、様々なツールが開発されるはずです。後で振り返れば、かつての難点は解消され、もはやそれを使わない生活は考えられない。携帯電話がスマホへと進化し、一時も手放すことのできない人が、いかに多いか。

それが技術の進歩であり、技術の歴史なのです。

今回のコロナ禍は、私たちの身に染みついた生活や仕事に対する既成概念や価値観を見直す機会になると私は考えています。

会社の命とあれば、感染覚悟で出社しなければならない。感染拡大を防ぐためには、営業を停止しなければならない。商機に満ち溢れ、文化、教育、あらゆる面で最高の環境が整っていたはずの大都市が、目に見えぬウイルスの出現で、地域全体が、そこで働く人間たちの全員が窮地に立たされることになったのです。

賢明な経営者ならば、今回の件で機能が一極に集中することの危険性に気がついたはずです。テレワークの功罪も徹底的に分析するでしょう。その結果、テレワークを積極的に導入しようという企業が続出すれば、地方への人口分散という現象に繋(つな)がる可能性が出てきます。その結果、地方の過疎高齢化に歯止めがかかり、家計に余裕が生ずることによって子供を、それも複数持つことができる。

かくして、少子化問題が解決する兆しが見えれば、この国の将来に希望が生まれる。私は、そう信じたいのです。

ＭＯＯＣは大学教育のあり方も変える

過疎地の人口に流動性が生まれ、その中から定住者が出てくれば、家庭を持ち、子供を産みと、地域の人口減に歯止めがかかる可能性も出てきます。

そこで、問題になるのが子供の教育です。

今回のコロナ禍では、多くの学校がオンライン授業を行ないました。いわばテレワークの教育版ですが、これは日本の学校教育のあり方、特に大学教育のあり方を改めて考えてみる絶好のチャンスです。

今回のコロナ禍にあっては、アメリカのジョンズ・ホプキンス大学の名前が頻繁に報道されました。同大学は医学、公衆衛生、感染症等の分野で、アメリカの最高峰にありますが、実はこの大学、８歳からを対象としたサマースクールを毎年開催していて、そこに集う生徒の中からこれぞという人材を発掘し、スカウトしている。つまり青田買いをしているのです。

もちろん日本でもいくつかの大学が第三章で述べたＭＯＯＣ（ムーク）を行なっていますが、まだまだ一般には浸透していないのが実情ですし、サマースクールを開催している大学は、私の知る限り明星大学の一校のみです。

今回のコロナ禍の中で、驚きをもって知ったものの一つに、大学生の平均仕送り額があります。

報道では、大学に通学する地方出身者の平均仕送り額は月８万円とのことでしたが、全国大学生活協同組合連合会が２０１９年に実施した調査では、一人暮らしの大学生への仕送りの全国平均額は７万２８１０円だそうです。

おそらく８万円は、東京圏の大学に通学する学生の金額なのでしょう。私が東京に住み始めたのは四十五年前ですが、その時、仕送り額を決めるに際して参考にしたのが『高３コース』という月刊誌で、平均仕送り額は７万円とありました。

そこから家賃や光熱費等の固定費を支払い、日々の食費や交際費を支払うと、贅沢とは程遠い生活を送っていても、かなり厳しかったという記憶があります。

ましてや、私たちの時代はトイレ共同、風呂は銭湯、エアコンもテレビも電話もない、三畳か四畳半の木造モルタル造りのアパートというのが、地方出身の学生の平均的な暮らしで、私が支払っていた家賃は1万5000円でした。四十五年間の物価の上昇に加えて、スマホやネット等、今や学生には必要不可欠な通信費への出費、アパートにしたって、バス・トイレ、エアコン付きが標準でしょうから、月々の出費に占める固定費の割合は格段に増しているはずです。

なるほど、これではバイトで収入を得なければ、暮らしていけるはずがありません。休業要請を受けたバイト先が一斉に営業を停止し、再開しても時間短縮、客足もなかなか元に戻らないとあっては、学業の継続を断念せざるを得ないと悲鳴が上がるのも当然で、仕送りだけで学業に専念できはしないでしょう。

有名私大の大半は大都市にありますし、授業料も高額です。まさに所得の地域間格差の大きさの表われというもので、経済的理由で大都市の大学への進学を諦めざるを得ない高校生は確実に、それも少なからず存在するはずです。

ならば、どうでしょう。テレワークで仕事が十分こなせるというのなら、学業にだって同じことが言えるのではないでしょうか。

そう、MOOCを活用するのです。

「それって、通信教育じゃねえか」と言う向きもあるでしょう。

しかし、通信教育の何が悪いのでしょうか。

長く通信教育課程を設けてきた大学の中には、入試は課さない全入制である代わり、学士の学位を修めるのは普通の学部よりも難しいとされるところもあるのです。

それも当たり前の話で、通信教育を全うするには、強い意志、不断の努力、向学心、自己管理能力が不可欠です。レポート一つ書くにも、学習内容を理解し学生自らの力で書かなければなりません。通学生ならば、単位を簡単に出す教授、出席していればまず大丈夫とか、様々な情報を得られるでしょうが、そうした知恵を授けてくれる先輩、学友はいないのです。そしてレポートと試験で一定の基準を満たしたと教授が認めて、初めて単位が貰えることを思えば、通信教育で取得した学位は、通学生と同等の評価を得て当然なのです。

このままだと、日本の所得格差は、これからますます開く一方となるでしょう。そして所得格差は地域間格差でもあるわけで、かかる状況を放置しておけば、地方に在住している高校生が、大都市部の大学に進学するのがますます困難になります。大学を終えたとしても、仕事と高い所得を求めて若者は大都市を目指し、仮に結婚し子供を儲けたとしても、第一章で述べたように、教育に多額の費用を要するがあまり、子供は一人で精一杯。かくして、人口減には歯止めがかからないということになってしまうでしょう。

生き残る大学と淘汰される大学

少子化に歯止めがかからなければ、間違いなく大学の淘汰(とうた)が始まります（もちろん、大学だけではありませんが）。

いかにして学生を集めるかに学校経営者は今まで以上に頭を痛めることになるのは明白です。生き残るためには、まずは実績を挙げること。そのためには、優秀な人材を集めるしかないのですが、どこに埋もれているか分からないのが人材です。

教育の機会均等は憲法で保障されている国民の権利ですが、地方出身者の仕送り額からも、地方と大都市部の所得格差は大きいことが窺えます。それだけでなく、所得格差は都市部ですら広がる傾向にあるのです。

奨学金制度があるにしても、学業を終えた後は、借りた本人が長期にわたって返済する義務を負います。社会人となって間もない頃の給与では、日々の生活を送るのが精一杯です。その中から、毎月一定額を支払うことを強いられるのですから大変どころの話ではありません。

かかる事態を放置すれば、生まれた地域や親の収入の多寡で受けられる教育が決まることになってしまいますし、どこに埋もれているか分からない優秀な人材を見出すこともできなくなってしまいます。

もちろん、現在の大学教育のあり方を否定する気は全くありません。多くの同年代の若者が一堂に集い、学問を学び、サークル活動等を通じて親交を深めるのも学生生活の醍醐味の一つではあります。

しかし、インターネットが社会の隅々にまで深く浸透し、機器の機能や利便性が日々進化し続けている時代なのです。仕事のあり方だって、これまで毎日会社に通勤するのが当たり前であったのが、テレワークで十分やれると判断した企業が続出しているのです。

全国展開する大手予備校では、教室に生徒を集めはするものの、随分前からモニターを通じた授業が行なわれていますし、それで不都合が生じた話は聞いたことがありません。さすがに小中高、大学でも実習や実験が不可欠な理系の学部は無理だとしても、文系学部のネット教育を充実させることは一考すべきではないでしょうか。

もっとも、オンライン教育を大学教育の場で本格的に行なうにあたっては、システム作り、授業方式、評価基準の確立等々、大学側に多大な労力が要求されることになります。成績評価、授業方式の模索と、教員にも多大な負担がかかります。

しかし、負担を理由にオンラインを活用しないのなら、それは怠慢であり、教育を受ける機会が親の所得の多寡で奪われてはなりません。学問の場は万人に等しく与えられるべきであり、学位は正当な基準を満たした者にのみ与えられるもののはずです。まして、日本の人口減少という大問題に直結する問題なのです。大学教育者も、いま一度、現行の大学教育のあり方を、真剣に模索すべきです。

第五章

地方の過疎高齢化はビジネスチャンス

ウィズ・コロナ時代に激変する不動産ビジネス

コロナウイルスの感染拡大は、日本人の日常生活はもちろん、経済にも深刻な影響を及ぼしました。

感染防止策として多くの企業がテレワークを活用したことで、ウィズ・コロナの仕事のあり方が激変する可能性があることは前述しましたが、その時、最も大きな影響を受ける業界の一つが不動産です。

例えば東京では、大型オフィスビルやタワーマンションが次々に建設され、鉄道の相互乗り入れが進み地下鉄の新線も開通しと、都市機能が整備され続けたこともあって、不動産業は長く活況を呈してきました。それも東京一極集中の現象が続けばこその話で、テレワークでも業務に何ら支障をきたさないことが分かった経営者も少なからずいるのです。

言うまでもなく経営者の最大の使命は、人材をフルに活用し、最大の利益を上げ、会社の業績を高めることにあります。当然、固定費の適正化には注意を払っていますし、削減できれば利益向上に直結するのですから、可能にする術（すべ）を模索しているはずです。

して考えると、物理的なオフィスを構えずに済むテレワークは、コロナ以前から経営者にとって、極めて魅力的な勤務形態と映っていたはずです。

もっとも、平時の環境下にあって、いきなりテレワークを導入するのは冒険に過ぎます。実験的に導入してメリット、デメリットを検証するにしても、従来の環境と新環境との比較になれば、功よりも罪の部分をあげつらう人間が多く出てくるのが組織の常です。毎日通勤し、オフィスで働くのが当たり前と考えてきた社員、特に中間管理職以上の中高年がテレワークの導入に難色を示し、導入に至らずという結果に終わったことでしょう。

ところが、今回は事情が全く異なりました。

コロナウイルスの感染から身を守るために、否応（いやおう）なしにテレワークを導入せざるを得なくなったのです。

今後、業務形態をテレワークに切り替える企業が続出すれば、オフィス需要は激減します。遠からずして衰退は避けられないと目されている産業分野では、まだ資金に余力があるうちにとばかりに、土地やビルを購入し、賃貸事業に乗り出す企業がありますが、そうした目論見も絵に描いた餅と化してしまうかもしれません。

不動産価格は需要と供給のバランスで決まるものです。

需要が細れば家賃を下げなければテナントは集まりません。売却もまた同じですが、テレワークはそもそもオフィスを必要としないのが最大のメリットです。結果、いくら値を下げても入居者が見つからない、買い手が現れないということになるでしょう。

こうした現象は、オフィス需要に限ったことではなく、アパートやマンションにも同じ現象が起きる可能性があります。

なぜなら、既にマンションや戸建てを購入した中高年は別ですが、賃貸物件で暮らす若い世代の中には、大都市から地方へ居住地を移す人が少なからず出てくると思われるからです。

地方に居住し、テレワークで仕事をすることのメリットは前述しましたが、もちろん、問題点は幾つもあります。

故郷に戻るというのならまだしも、一度も住んだことがない土地に居を移すとなれば誰しもが躊躇(ちゅうちょ)するでしょうし、その土地の気候風土や住民の人間性も、実際に住んでみて初めて分かることがたくさんあります。加えて引っ越しの費用もかかれば、住居を借りるにあたっては敷金、礼金と、高額の出費も発生しますから、事前調査を入念に重ねた上でないと決断がつくものではありません。

しかし、東京でワンルーム、あるいは1LDKを借りる程度の家賃で、戸建てが借りられる。しかもコストはほとんどかからない。物件に空きさえあれば、いつでも入居でき、自由に退去もできる——そんな環境が整備されたらどうなるでしょう。

テレワーク従事者に特化した賃貸ビジネス

過疎高齢化にともなう空き家問題が深刻化して随分経ちます。全国の自治体が頭を痛めているにもかかわらず、有効な打開策はいまだ打ち出せぬまま、時の流れと共に空き家は増加の一途を辿って(たどって)います。

しかし、テレワークを導入する企業が増加すれば、空き家問題を解決する可能性も出てきます。

大海原を一望できる高台の家。あるいは美しく、雄大な山々を間近に望む高原の家。新鮮かつ上質な食材が豊富に揃い、時間もゆっくり流れ、静謐(せいひつ)かつ快適な生活が送れる環境の中にあるのに、住人が減少し、多くの空き家を抱える自治体は、国内に山ほどあります。

かかる現状を招いた最大の原因は、地方に職がないこと。つまり、収入を得るためには都会に出る以外に術はなく、職を得ることイコール、毎日職場に通勤しなければならないということだからです。その結果、通勤可能圏内に住居を持たざるを得なくなるのですが、テレワークは通勤の必要はありませんし、居住地の制限もありません。

ならば、全国に数多ある空き家に手を加え、テレワーク従事者向けの賃貸住宅にし、入居の際に必要なのは敷金のみ、それも入居者が居住期間中に備品を破損したり、極端に汚したりした場合の費用に充て、重大な瑕疵が見られない場合は退去時に返却。とどのつまり、マンスリーマンションの進化形ですが、ネット環境を整備し、テレビもあれば、洗濯機に食洗機、電子レンジもあり、空調も完備。快適な「日常生活」を送れる環境を備えた空き家を、テレワーク従事者に賃貸したらどうかと思うのです。

私自身も、かつてサラリーマンであった頃、主にアメリカへの長期出張が頻繁にありました。名が通ったホテルでもワンルーム。日本に比べれば部屋は広いとはいえ、長期滞在となるとやはりストレスが溜まります。

ある日、上司とそんな話になった際に勧められたのが、とあるホテルチェーンが経営する長期滞在者向けの宿泊施設でした。

鉄筋コンクリートのビルのような代物ではなく、2階建ての集合住宅、日本でいうテラスハウスのようなもので、部屋は1LDK～3LDK。リネン交換と掃除は毎日、家電製品や食器はもちろん完備、食器も洗ってくれるという充実ぶりながら、それでいて料金はホテルよりも遥かに安いのですから、すっかり気に入ってしまって、以降、この「ホテル」を定宿(じょうやど)とするようになりました。

鍋でご飯も炊ければ、ステーキも焼ける。冷蔵庫は常にビールと酒のつまみや食材でいっぱい。リビングでくつろぐこともできるし、日本の自宅よりも快適な生活を送ることができたものです。

過疎高齢化にともなう空き家問題に頭を痛めている自治体は、たくさんあります。そうした自治体がネットワークを構築し、テレワーク従事者に住居を提供する態勢を整えたら面白いと思うのですが、どうでしょう?

生活に必要なものは全て揃っていて、入居したその日から自宅同然の生活が送れる。しかも戸建てです。ウイークリーマンションのようなワンルームとは違い、部屋も複数あれば空間も広い。大海原を、あるいは雄大な山々を眺めながら仕事をし、夕方になれば地元の食材を買い込み、自宅でゆっくり一杯やるもよし、あるいは居酒屋で地元特産の新鮮な海の幸、山の幸を堪能するもよし。休日には、釣りが趣味なら海や川へ、自転車が趣味ならば、豊かな自然環境の中でサイクリングを楽しむ。

その地を堪能したら、ネットワークを利用して次の居住地を探す。その際、次の居住地に送るものは、仕事道具と衣類、身の回りの品ぐらいのもの。その程度なら宅配便の何箱かで済みますから、引っ越し費用など、日本全国どこに移り住もうと知れたものです。

季節によって居住地を変えるもよし。気に入れば長く住むもよし。あるいは定住してもよし。

地方には、かつてのばら撒き財政のおかげで、公共施設が充実している街は過疎地でもたくさんあります。個人のライフスタイル、趣味・嗜好に合わせて、思うがままの生活を送ってもらえる環境を提供するのです。

この仕組みが好評を得れば、そこからが自治体担当者の知恵の絞り処、腕の見せ処です。

いかにして長く居住してもらうか。そして定住に結びつけるか。

過疎高齢化が進む地域には、休耕田、休耕地がたくさんあることは前述しました。もし、家庭菜園に興味があるというなら、そうした土地を斡旋し、地元の農家が指導にあたる。陶芸家がいれば休日に陶芸を教えるとか、居住者と地元住民の交流を深め、その土地に魅力を感じてもらうような企画を打ち出すことも必要になるでしょう。

もちろん、地方ならではの問題はあります。

自宅を処分し、移住したものの、都会とは違い、人間関係が密であるがゆえに、地域の行事への参加や慣習に従うことを無理強いされ、従わないとみるや村八分。戻るに戻れないという悲惨な状況に陥ってしまった話はよく耳にします。その点からも、このプランを実現してみる意義はあると思うのです。

入念に事前調査を行なったつもりでも、住んでみて初めて分かることはたくさんあるはずです。マイホームの購入だってそうですね。

一戸建てにせよ、マンションにせよ、隣にどんな人が住んでいるかは、実際に住んでみないことには分かりません。周辺環境や物件を気に入って購入したものの、近隣にとんでもないようものなら、さあ大変。ローンの支払いもあれば、子供も学校に通い始めている。売却しようにも、購入時の価格を下回る。転居もできないまま、じっと我慢の日々を送っている人は、少なからずいるはずです。

その点、賃貸ならばどうってことはありません。次の物件を見つけ、いいなと思う土地に移り住めばいいだけのこと。つまり、このプランはリスクを冒すことなく、地域の事情や周辺住民の人間性を知ることができるメリットもあるのです。

六次産業への進化で日本の冷凍食品を世界に

空き家やMOOC(ムーク)の活用によって、地方の人口が回復していけば、日本にはもう一つの希望が見えてくるかもしれません。

それは農漁業、いわゆる一次産業の復活です。

もちろん、農業、漁業で生計を立てられるまでには、応分の時間がかかります。未経験の従事希望者には、養成プログラムを作成し、自立できるまでの収入支援策を盛り込む必要があります。

経済が不調に陥れば、国や自治体の税収も落ちる。公金で手厚い支援など不可能だという声も上がるでしょう。しかし、国や自治体が大量に発生するであろう失業者救済策を講じることなく、市場の回復に任せておくと、失業率が1%上がると自殺率（人口10万人あたりの年間自殺者数）は1・949上がるという論が正しいならば、大変な数の命が失われてしまうことになってしまいます。

再起するチャンスを与え、生きる希望を与えられるのなら、オリンピックや万博、あるいはIR（統合型リゾート）のような大型プロジェクトに莫大な予算を費やすよりも、それこそ生きたカネの使い道というものです。

そして、単に一次産業従事者を増やすだけでなく、二次産業としての製造業、三次産業としての小売業等の事業と一体化させ、六次産業（一次×二次×三次の掛け算によって生み出される新しい産業）に進化させれば、市場は世界に広がり、新しい日本経済の柱の一つとなる可能性もあるのです。

近年、来日外国人観光客を惹きつけて止まないものの一つが日本の食文化です。

かつて、外国人にとっての日本食といえば、寿司、天ぷら、すき焼きがせいぜいでしたが、今は全く違います。カレー、ラーメン、うどん、お好み焼き、たこ焼き等々、B級、C級グルメが外国人を虜にしています。SNSが広く社会に浸透した現在、かつては「悪魔の魚」と言われた蛸ですら、外国人が好んで食するようになりました。カレーは日本人の国民食と称されたものでしたが、日本式カレーは、今や世界食と言える域に達しつつあります。

既に大手のたこ焼きチェーンやカレーチェーンは海外に進出していますし、欧米、アジアの主要都市にはラーメン店やお好み焼き店が、もはやあって当たり前。我々が普段食している日本のB級、C級グルメが、世界中で愛されるようになっているのです。

ですが、海外の国で暮らす人たちが、それらの日本食を食するためには、実際に店舗に足を運ばなければなりません。しかも、こうした店があるのは大抵が大都市で、地方居住者は簡単に利用することができません。

ここに、日本の農漁業を活性化させる鍵があります。

日本の農家が収穫した農産物、畜産家が肥育した牛・豚・鶏肉、養殖業者が育てた魚を使った冷凍食品を海外に輸出するのです。

日本の肉、野菜、海産物は、極めて品質に優れています。最近では外国産の牛肉はもちろん、豚肉、鶏肉もスーパーの店頭に並んでいますが、はっきり言って味は国産の比ではありません。

例えば外国産の豚肉は、見栄えこそ国産と遜色ありませんし、価格も安いのですが、身は固いし、旨味も乏しい。脂に至ってはまるで消しゴム。国産豚の味に慣れた日本人には、それこそ価格以外に優位性を見出すことができない代物です。

こう述べると、すかさず「日本の自給率は……」という声が聞こえてきそうですね。

確かに農林水産省の発表（「日本の食料自給率」）によれば、2019（令和元）年度の食料自給率は38%と極めて低い。しかし、これはカロリーベースでの話で、生産額ベースの食料自給率になると66%に跳ね上がるのです。しかも、カロリーベースの計算では、輸入した餌で育った牛や豚、鶏や卵などは、国内で育ったものだとしても国内食料自給率に算入されないのです。

その結果、同省が発表している品目別自給率では、35%ある牛肉が9%に、49%の豚肉が6%、64%の鶏肉が8%にと、著しく低下してしまうのです。

食料自給率の算出にカロリーベースを用いている国・地域は、日本以外には韓国、台湾ぐらいのもので、生産額ベースを用いるのが国際的には主流です。

そこで、生産額ベースで世界の食料自給率を見てみると、日本は66％、カナダは120％、オーストラリア133％、アメリカ90％、フランス83％。続いてイタリアが82％、ドイツとスイスが日本と同じ66％。イギリスは日本よりも低い60％となっています（農林水産省「世界の食料自給率」）。カロリーベースでは、主要先進国の中で最低水準に甘んじている日本ですが、生産額ベースで見ると、他国とそれほど大きな差はないことが分かります。

しかも、野菜の自給率に至っては79％（2019年度）にもなるのですが、野菜のカロリーは低いので、食料全体のカロリーベースの自給率はあまり引き上げられません。一方で、生産額ベースで見ると、野菜の割合は全体の20％を超えているのです。

地方の過疎化、農業従事者の高齢化が進む一方の日本では、田畑の耕作放棄地がたくさんあります。そうした土地を活用すれば、日本の食料自給率には、まだまだ伸びる余地が十分残されているのです。

日本の野菜は味、品質共に一級品ですし、加工食品の原料とするのですから、今までなら外見の悪さやサイズではねられたものも活用できる。つまり、ロスを極限まで減らすことも可能になるでしょう。

日本では当たり前に販売されていても、海外では、まだそれほど知られていない食品はたくさんあります。

ハンバーグしかり、メンチカツしかり、コロッケしかり。そして、冷凍食品とはいえ、量産品にも日本人ならではのこだわりがあります。

最近、なぜか店頭から姿を消しましたが、ローソンで販売されていた「ゲンコツコロッケ」。私はあれが大好きで、よく購入していたのですが、使用されているジャガイモは国産の「きたあかり」で、しかも身が少し柔らかくなった頃のものを使っているというのです。あの何とも言えない口当たり、旨味の深さには初めて食した時に驚いたものですし、しかも、冷凍食品だと聞いて二度びっくりです。同店で販売されている牡蠣(かき)フライもまたしかり。サクッとした衣の食感は、とても冷凍食品とは思えない完成度の高さです。

意外なことに、実は牡蠣をフライにして食するのは、日本人だけのようで、アメリカはもちろん、牡蠣をこよなく愛するフランス人でさえ、牡蠣は生で食するもの。しかも、日本のような大ぶりな身は、あまり見たことがありませんから、外国人が、牡蠣フライの美味さに目覚めれば、日本の養殖牡蠣の需要が一気に拡大する可能性は大いにあります。

サツマイモにも大きな可能性があるでしょう。

日本のサツマイモは糖度も高く、何よりも食感が抜群にいいのです。来日外国人観光客が焼き芋を食し、虜になったという話はよく耳にしますし、確か鹿児島でしたか、収穫したサツマイモを一定期間、冷温で熟成させた後、独自の製法で焼き上げ、冷凍の後、出荷している会社が現に存在しているのです。

ところが、海外となると、日本人向けのスーパーにこそ日本食の冷凍食品が並んでいますが、一般のスーパーとなるとあまり見かけたことがありません。あったとしても、種類はごくわずかでしかありません。つまり、来日して日本のB級、C級グルメに目覚めても、あるいはSNSを通じて興味を持ったとしても、なかなか口にするのが難しい状態にあるのです。

まして、前述したように、カレーやたこ焼き、お好み焼き、ラーメンといった日本食を供する店は、既に海外に数多くありますが、ほとんどが大都市です。アメリカに至っては、ニューヨークやロサンゼルスのような公共交通機関が発達し、整備された都市は数えられるほどしかありません。移動手段は自動車で、居住地も広範囲に分散していますから、店があっても時間を要します。

しかし、冷凍食品となれば、全く状況が変わってきます。買い置きして冷凍庫に保管しておけば、いつでも美味しい日本食を食することができるのです。

アメリカ人にとって、フレンチフライ（フライドポテト）は定番食の一つ。家庭で揚げ物を調理するのを厭（いと）いませんから、日本の豚肉にパン粉を付けたトンカツを冷凍に。あるいはカツ丼やスタミナ丼を。鶏肉は卵と玉葱を使って親子丼に。たこ焼き、お好み焼き、焼き芋。今ではラーメンやうどんだって汁まで冷凍した状態のものがありますから、これなんか今すぐにでも輸出できるはずです。

丼物が好評を博せば、米の需要の増大にも繋がるはずです。アメリカには、日本米に匹敵する国際米がありますが、一般家庭で炊飯器を持っているのはアジア系ぐらいのものですし、たぶんそれは欧州でも同じでしょう。カレーソースとご飯をセットで冷凍にして、牛丼、親子丼、スタ丼等も同様にして販売すれば、電子レンジでチンするだけで、いつでも、どこでも、日本のB級、C級グルメが食べられるようになるのです。

シーズン商品として国産の鶏肉や野菜を使った水炊きや、寄せ鍋もありでしょう。輸送費にしたって、冷凍食品ならば航空便を使う必要はありません。冷凍コンテナに入れ、船便で運べば、運賃は知れたものです。

我々が日常的に口にしている日本食を、冷凍食品にして海外に輸出すれば、材料となる農畜産物、海産物に膨大な需要が安定的に生まれます。そして、それは生産者である農畜産業、漁業に従事する人たちの安定収入に繋がるでしょう。

ターゲットは一般消費者ですから、販路は主にスーパーかコンビニです。アメリカ最大手のスーパーマーケットチェーン「ウォルマート」は一社だけでも、全米に五千もの店舗を持っています。そこに、コンビニが販路として加われば、アメリカだけでも途方もない市場になるでしょう。

実際、海外製冷凍食品の輸入販売は日本でも既に行なわれていて、今のところ首都圏だけですが、ここ数年の間に18店舗をオープンさせる好調ぶりです。

フランスの冷凍食品専門店「ピカール（picard）」がそれですが、同店のホームページによると、世界11か国で事業を展開しているといいますから、ここからも冷凍食品ビジネスが、いかに可能性を秘めたものであるかが分かろうというものです。

もちろん、このビジネスが成功すれば、輸出先の国々で同じ製品を製造する会社が出てくるでしょう。寿司店にせよ、お好み焼き店やラーメン店にせよ、日本人ばかりが経営しているわけではありません。実際、アメリカの寿司店に至っては、経営者も職人も日本人ではない店が圧倒的に多いのです。日本でだって同じですね。フレンチ、イタリアン、中華にしたって、経営者も調理人も日本人が圧倒的多数です。

しかし、それでもいいのです。

日本人の食に対する情熱、執念は、世界に類を見ないほど突出しています。こと素材の味、品質、安全性という点では、抜きん出たものがありますし、調味料も豊富にあれば、使い方もバラエティに富んでいます。だから、新しい食べ物が次から次へと生まれてくるのです。日本人の食に対する情熱、執念は、そう簡単に真似ができるものではありませんし、進化し続けているのが、日本のＢ級、Ｃ級グルメなら、地方はローカルフーズの宝庫です。

そうしたローカルフーズを冷凍食品として世界に送り出せば、極めて有望、かつ将来性のあるビジネスとして成長していくのではないかと思うのです。

日本が世界に誇る和牛や果物を世界に広めるのも結構ですが、いくら味が素晴らしくとも、高額であるがゆえに購入者は富裕層に限られます。その点、冷凍食品は違います。一般庶民が気軽に購入でき、買い置きしておけば、レンジでチンするだけで、家にいながらにしていつでも日本の食を味わえるのです。ビジネスとして、どちらに大きな可能性があるかは言うまでもないでしょう。

もちろん、こうした構想を実現するためには、国や行政が農畜産業、漁業従事者にビジョンを提示し、支援していく必要があります。地方には休耕田、休耕地が増え続けていますから、それらを活用するにあたっては、地権者や生産者組合の同意、理解を得た上で、農畜産漁業の従来のあり方を見直す必要もあるでしょう。

さらに、製造拠点を各地に設け、海外への販路を開発するにあたっては、民間企業の協力は必須です。中には、市場が開けた途端、現地に生産拠点を設け、製造販売を考える経営者も出てくるでしょうが、事は日本の将来がかかった事案です。

安い労働力を求めて、地方に製造拠点を移した挙げ句、さらに安い労働力を求めて海外に移転した結果が、現在の地方の疲弊を生んだのです。

企業とは、人を幸せにするために存在するのです。利益の追求だけが、企業に、経営者に求められる全てではないはずです。ならば、多少値が張っても、対価を支払う以上の価値がある。そうしたビジネスをものにするのが経営者であり、それができない経営者に経営を担う資格はない。

そう心して、この事業に取り組めば、海外に拠点を移そうなどという考えは抱くこともないはずです。

生活のコストが安い地方で安定した収入が得られるようになれば、若者が家庭を持ち、子供を持つようにもなるでしょう。それも一人ではなく、複数人の子供を持つ家庭も増えてくるかもしれません。

そうして、地方の人口が増加していけば、少子化も過疎高齢化問題も徐々に解消していくことになるのです。

高齢者の移住で地方を活性化させる「プラチナタウン」構想

十年ほど前に、『プラチナタウン』という小説を上梓したのを機に、過疎高齢化問題を抱える地方自治体に講演を依頼される機会が増えました。

この小説を書くにあたって私が着目したのは、過疎高齢化に直面している自治体には、かつてのバラ撒き財政の名残りで立派な公共施設を整備しているところがたくさんある点でした。

建設時には地元の建設業者におカネが落ち、雇用も生じと、多少なりとも経済効果があったのでしょうが、完成以降は継続的に経費が発生するのが施設です。それを上回る収益が得られなければ、施設を管理する自治体の負担は重くなるばかり。ただでさえ人口減少に伴う税収減に苦しむ自治体の財政基盤は悪化する一方となるわけです。

そこで過疎高齢化に悩む自治体の多くが、打開策として真っ先に取り組んだのが企業誘致です。

若者が街を去るのは職がないからだ。企業を誘致すれば、雇用が生まれ、過疎化に歯止めがかかる、誘致を成功させるためには、インフラを整備しなければと考えたわけですね。

確かに、一定の効果がありました。

規模の大小にかかわらず、日本企業の多くが地方に工場を新設し、地元出身者を雇用し、さらに本社社員を送り込みもしたのですから、誘致に取り組んだ自治体関係者は将来に光明を見出した思いがしたことでしょう。

しかし、そんな時代も長くは続きませんでした。

そもそも、企業が国内の地方に生産拠点を設けた理由は、用地は自治体が用意するもので格安だったこと。そして、労働力が安価であったからです。

ところが、経済のグローバル化が進むにつれ、サプライチェーンが変化してくると、生産拠点を海外に移転する企業が相次ぐようになり、さらには、半導体に代表されるように国際市場における競争力を失う産業までもが続出してしまったのです。

アメリカとは違い、日本では従業員の解雇を簡単に行なうことはできませんが、企業だって背に腹は代えられません。早期退職を募集し、応じない場合は通勤不可能な遠隔地の工場への転勤を命じたり、屈辱的な配置転換を行なったりと、地方採用者を退職に追い込みました。

その結果、現役世代は新たな職を求めて街を去り、残ったのは高齢者ばかり。気がつけば、企業誘致を行なった頃の状態どころか、悪化してしまったのです。

企業を誘致しても過疎化問題の決定打にはなり得ない。かといって、雇用がなければ、人は出て行く一方です。

そんな現状を打開する手段の一つとして構想したのが、「プラチナタウン」です。

高齢化が問題だと言うならば、いっそ高齢者を集めたらどうなるか。

ただし、プラチナタウンは単なる老人介護施設にあらず。楽しい老後を過ごせる快適な環境を入居者に提供することを目的としたシニア向けのテーマパークとも呼ぶべき集合住宅を地方に……。

ですから、住人は入居時に健康に深刻な問題を抱えていないことが前提になります。

もちろん、介護が必要になったからといって退去をしなければならないわけではありません。完全介護が必要となっても、最期を迎えるその時までしっかり面倒を見てもらえるのです。

職員の大半は介護士の資格を持っていますが、入居者が介護を必要とするまでは、サークル活動やイベントの企画立案・支援、施設の清掃や整備に従事することが、主な仕事になります。

サークルは水泳、テニス等、地域内に存在する公共施設を活用したものや、ゴルフ、釣り、菜園、園芸、陶芸、絵画、音楽等、入居者の希望に応じて運営します。

地方には大都市近辺に比べてプレーフィーが格段に安いゴルフ場がたくさんあります。周辺のコースと年間契約を結び、平日の早朝枠を複数組確保すれば料金もさらに安くなるでしょうから、月間でトーナメントを行なうのも面白いでしょう。海が近ければ釣り船を仕立てても良い。休耕地を活用して野菜や果物を育てることもできるでしょう。

そして施設内にはディスコやライブハウスを設け、夜の娯楽も提供します。

団塊の世代もそうですが、我々60代を迎えた年齢層の若かりし頃は、フォークやロックの全盛期で、バンドを組んでいた方も少なからずいたものです。そこで入居者がバンドを組み、あるいは地元の若者たちのバンドを呼び、当時のナンバーを演奏し思い出に浸る。

ディスコはナイトライフの定番で、実際、期間限定で当時のディスコが復活すると、高齢者が数多く詰めかけますからね。

入居者の中には、孫を持つ方も多いはずですから、夏休みには施設周辺の自然の中でのサマーキャンプ、冬ならばスキーやスノボスクールを開催し、祖父母と孫が触れ合える時間を提供します。

地方で老後をというと、孫と頻繁に会えなくなるという声が必ず上がるものですが、近くに住んでいても年間に何回訪ねて来るでしょうか。それより、祖父母の住居をベースに長期間滞在する企画を立てれば、より長い時間を楽しく過ごすことができるでしょう。

つまり、プラチナタウンのコンセプトは、「楽しい老後で何が悪い」、「老人を老人扱いしない」、「格安の料金で、シニアライフをとことん楽しんでもらう」ということにあるのです。

都会の介護施設は、住宅街の中にひっそりと佇む、傍目からは何の施設なのか分からないようなものがほとんどです。居室にしてもベッドに小机と、ビジネスホテルそのものというのが大半なら、娯楽にしても、カスタネットやタンバリンを鳴らしている映像をテレビでしばしば目にします。

人の手を借りずして日常生活が送れないから介護施設に入居するのが、従来の高齢者施設です。自力での生活が困難であれば、行動が制約されますし、都会では空間の広さは料金に直結しますから部屋も狭くせざるを得ません。

しかし、ビジネスホテル程度の広さしかない居室で暮らし、レクリエーションといえばサロンに集まり、お遊戯まがいのことばかり。そんな日々を送るのが幸せな老後と言えるのでしょうか。

人間、日々を楽しく暮らしていれば、そう簡単には惚けません。健康だって維持できるはず、というのが私の持論です。

健康なうちに生活コストが安く、かつ豊かな自然に恵まれた地方へ移り、思う存分リタイア後の生活を満喫する。土地代だって都会に比べれば段違いに安いのですから、入居費用だってそこそこに抑えられるでしょうし、老い方だって人さまざまです。長く介護が必要となる人もいれば、短期間で終わりの時を迎える人もいるでしょう。中には介護を全く必要とせず、ある日、ぽっくり逝ってしまう人だっているでしょう。

健康な高齢者を集めた集合住宅、プラチナタウンと従来の老人ホームとの最大の違いはここにあります。

要介護者だけを集めれば、どうしても暗いイメージがつきまとうものですが、老後を楽しみたい人たちだけを集めれば、全く異なるものになるはずです。

そしてもう一つ、プラチナタウンのメリットは、介護士のモチベーションを高める効果に繋がるという点にあります。

介護に従事することはあっても、入居者の多くは健康な高齢者。いかにして健康を維持し、楽しい老後を過ごしてもらえるかを考え、お世話するのが介護士の仕事になるのです。もちろん入居者が自力で生活することができなくなれば、介護して差し上げることになるのですが、それがずっと続くということにはなりません。再び企画を立案し、お世話する仕事に戻ることもできれば、介護の仕事に就くこともある。つまり、ジョブローテーションを繰り返しながら、キャリアを積み重ねていけるのです。

そして、もう一つ、プラチナタウンを設けるメリットは、規模が大きくなればなるほど、多くの職員が必要となり、地元に雇用が生まれ、定住人口が増えることにあります。

独身の従業員向けに寮を設けるもよし、アパートを借りるにしても、家賃は都会よりも遥かに安い。結婚してマイホームを購入するにしても、都会よりも安価、かつ広い家が持てるでしょう。介護士の給与は、決して高額とは言えませんが、生活コストが安くつく地方ならば、ずっと楽な暮らしが送れるでしょう。

その結果、過疎化に歯止めがかかり、地域経済も回復していくことが期待できるのです。

なぜ空き家ではなく集合住宅でなければならないのか

講演を行なった自治体の中には、コンセプトを理解し、実現に向けて動き出そうとしたところもありました。

しかし、問題はそこからです。

プラチナタウンの肝は、健康な高齢者を集合住宅に集めることと申し上げたにもかかわらず、いつの間にか高齢者を移住させることで、空き家問題を解決しようとなってしまうのです。

なぜ集合住宅でなければならないのか。

最大の理由は、介護が必要となった場合の効率性にあります。

要介護者の世話をする際、集合住宅ならば各フロアー間の上下移動で済みますし、急に体調を崩して助けが必要になっても、ただちに駆けつけることができます。生活ゴミの収集をはじめとする日常生活の世話にしても、同じことが言えるでしょう。

では、空き家を活用して高齢者を移住させたはいいが、彼らが介護を必要とすることになったらどんなことになるのか。

公営の介護施設に空きがあり、すぐに入居できるならいいのですが、大抵は順番待ちというのが現状です。しかも、民営の施設は概して高額ですから、負担できなければ在宅介護ということになるわけです。

高齢者が分散して住んでいれば移動に時間がかかり、介護の効率は悪くなりますから、介護士の数を増やさなければなりません。

さらに、豪雪地帯なら毎日の雪かきすら人の手を借りなければならないでしょうし、大雪が降ろうものなら、介護士が雪かきをしなければ、訪問先の家に入ることすらできないという事態に直面するはずです。それが介護の効率をますます低下させることになるのです。

それに過疎地では、生活ゴミを捨てるにしても、集積場所が自宅の近くにあるとは限りません。高齢者が一輪車を押して、集積場所まで長い距離を運ぶことを強いられている地域はたくさんあるのです。

だから、プラチナタウンを空き家対策と結びつけては駄目だ。集合住宅が望ましいのではなく、集合住宅でなければならない。空き家に高齢移住者を誘致しようものなら、早晩介護が深刻な問題になる——。

このように申し上げても、いつの間にか空き家対策として高齢者の移住を募る、になってしまうのです。

何でも自力でやらなければならない戸建て住宅は、高齢者が生活するには不向きなのは論を俟(ま)たないでしょう。東京の新築マンション購入者に高齢者層が増えているのはその証左と言えるでしょうし、私もマンション住まいですからその便利さを実感しています。

現に、高齢者に的を絞ったニュータウンを造成、分譲した自治体がありますが、入居者が集まらず失敗に終わったのは、住宅の全てを戸建てにしたのが最大の原因でしょう。

もちろん、プラチナタウンに入居するには、民間の介護施設以上の費用を要します。都会に比べれば安価とはいえ、そんなカネ持ちしか入居できない施設を造ってどうするんだ、という意見があるのは十分承知しています。

しかし、ニーズはあると確信していますし、プラチナタウンができれば、地元の自治体には住民税と固定資産税が入ります。事業主体が本拠を地元に置けば、事業税も入ります。さらに、多くの入居者が集まれば消費が生まれ、地元経済も活性化し、そこからも税収が見込めるのです。それを原資に、地元住民の介護を充実させることもできるでしょう。

有り難いことに、『プラチナタウン』は、現在でも版を重ねながら、多くの読者に読んでいただいております。その中の多くの読者が「こんな施設があったらいいナ」とおっしゃってくださいます。

同時に、様々な問題点を指摘してくださってもおりますので、敢えて断言します。

こんな問題があるから駄目だというのは間違いです。問題点とは、解決すべき事項のことなのです。「あったらいいナ」と言うのなら、どうすれば実現できるかに知恵を絞るべきなのです。

だって、そうでしょう。世の中を一変させるような革新的技術や製品は、全て「こんなものがあったらいいナ」という、実に単純明快な発想、そして夢から始まったのです。

豊富な資金、人的資源に恵まれていたはずのＩＢＭや日本の名だたるコンピュータメーカーが、なぜアップルやマイクロソフトといったベンチャー企業の後塵（こうじん）を拝することになったのか、その原因を考えてみれば、答えは明らかでしょう。

おわりに

私も63歳。あと二年で高齢者の仲間入りをする年齢になりました。

幼少期には東京を訪ねる機会が頻繁にあったのですが、当時の駅前やガード下には、白衣に軍帽、アコーディオンを奏でる傷痍（しょうい）軍人の姿があって、まだ戦後の名残りが残っていたものです。

あれから約六十年。年号も昭和から平成に、そして令和と変わる間の社会の変貌ぶりは、想像を絶するものがあります。これから先の社会の変化は、さらに激しいものになるでしょう。

二十年後には、現在の男性平均寿命を超えている身が、先を案じたところでどうなるものではない。知ったことかと、口を噤（つぐ）もうとも思ったのですが、それではあまりに無責任に過ぎます。

それに、人口が減少し続けた先に待ち受けているこの国の姿、その中で生きていかねばならない、次世代の人たちのことを思うと、何としても少子化問題を解決せねばと考えてしまうのです。

大きなお世話だとおっしゃる方もいるでしょう。その時代を考えるのは、あんたじゃない。その時代に生きる人間が考えることだ、とおっしゃる方もいるでしょう。

しかし、先送りすれば取り返しのつかない問題であるなら、先手を打って策を講じるのは、今を生きる人間の責務です。

そうした姿勢が今の政治家、官僚からは微塵(みじん)も感じられないから、焦り、怒りを覚えるのです。

企業も同じですね。

自分が在職中は無事であればそれでいい。経営者の関心は、当期の利益、来期の利益。会社、従業員の将来に、思いを馳せる経営者は本当に少なくなりました。

政治家は政治家であり続けるために、票に結びつく、分かりやすく、かつ即効性のある政策しか打ち出しません。オリンピックに万博、果てはＩＲと、確かに経済活性化のカンフル剤にはなりますが、とどのつまりは相変わらずの箱物頼り、政治家のレガシー造りとしか思えない政策の実現に奔走する始末です。

やっぱり、少子化問題対策なんて票にはならない。俺の知ったこっちゃないと考えているのでしょうね。

もっとも、新政権の誕生と共に、条件付きではあるものの、新婚世帯に対して、最大60万円の補助、さらに不妊治療への健康保険の適用を検討する方針を打ち出したところから、ようやく国も少子化問題対策に、本腰を入れ始めた様子が見て取れます。

60万円の補助で子供を持てるのか、十年早く子供を持てる環境を整えれば、その９割は不妊治療をせずとも……などと、意地悪なことは言わないでおきましょう。この国難とも言うべき少子化問題を深刻に捉え、解決に向けて第一歩を踏み出したことは、大きな前進には違いありません。

しかし、対策はまだまだ不十分であるのもまた事実。この問題を解決すべく、誰が政権を担おうとも、より一層の力を注いでいただきたいと切に願うばかりです。

そして、我々高齢者、そして、これから先の日本を支えていく若い世代にも、いかに少子化、人口減が深刻な問題であるかを認識していただき、政官民が一丸となって取り組む日が、一日でも早くやって来るのを願ってやみません。

２０２０年10月

筆者

本書は、小学館のウェブマガジン「P+D MAGAZINE」(２０２０年3月23日〜8月10日)に連載した「馬鹿につけるバカの薬」を、新書化にあたって大幅に加筆改稿し再構成したものです。

楡 周平［にれ・しゅうへい］
作家。1957年、岩手県生まれ。慶應義塾大学大学院修了。米国企業在職中の1996年に『Cの福音』でデビュー、翌年より作家活動に専念する。「朝倉恭介シリーズ」「有川崇シリーズ」「山崎鉄郎シリーズ」で知られ、『再生巨流』『介護退職』『虚空の冠』『ドッグファイト』『プラチナタウン』『ミッション建国』『国士』『バルス』など、緻密な取材とデータ分析に裏付けられた、圧倒的スケールの社会派エンターテインメント作品を世に送り出している。近著に『TEN』『食王』『終の盟約』『サリエルの命題』『鉄の楽園』がある。

企画プロデュース&編集：西澤 潤
編集協力：小林潤子

未来のカタチ
新しい日本と日本人の選択

二〇二〇年 十二月一日 初版第一刷発行

著者 楡 周平
発行人 飯田昌宏
発行所 株式会社小学館
〒一〇一-八〇〇一 東京都千代田区一ツ橋二ノ三ノ一
電話 編集：〇三-三二三〇-五七六六
販売：〇三-五二八一-三五五五
印刷・製本 中央精版印刷株式会社

Printed in Japan ISBN978-4-09-825379-1